明月之心

一如 著

山西出版传媒集团 北岳文艺出版社
·太原·

图书在版编目（CIP）数据

明月之心 / 一如著 . —太原：北岳文艺出版社，2024.5

ISBN 978-7-5378-6852-5

Ⅰ . ①明… Ⅱ . ①一… Ⅲ . ①诗集—中国—当代 Ⅳ . ① I227

中国国家版本馆 CIP 数据核字（2024）第 080142 号

明月之心

一如 / 著

//

出品人
郭文礼

选题策划
刘文飞

责任编辑
左树涛

封面设计
张向军

封面绘图
杨　键

封面题字
朵　朵

印装监制
郭　勇

出版发行：山西出版传媒集团 · 北岳文艺出版社
地址：山西省太原市并州南路 57 号
邮编：030012
电话：0351-5628696（发行部）　0351-5628688（总编室）
传真：0351-5628680
经销商：新华书店
印刷装订：山西新华印业有限公司
开本：787mm × 1092mm　1/32
字数：181 千字
印张：8.75
版次：2024 年 5 月第 1 版
印次：2024 年 5 月山西第 1 次印刷
书号：ISBN 978-7-5378-6852-5
定价：49.80 元

最年轻和最苍老的诗

杨键

一如有一首写一条狗的诗，题为《回忆我家的黑狗》，我读完之后禁不住流泪。这首诗干巴巴的，几乎没有什么形容词，也没有什么感叹词，只有极为普通的叙事，却令我格外感动。是年龄大了很容易流泪吗？不是的。这是一种非常特别的生命结晶。谁生命里经历了这样一次告别，谁都会流泪的，为那条狗的命运，也为我们自己。一如写的这种告别从此刻在我的记忆里，好诗是不需要形容词的，也不必抒情。

一如的这本诗集共十辑，只有第一辑是在 1993—2020 年完成的，其余的九辑都写在 2021 年以后，因此 2021 年是一如诗歌的丰收年，也是他诗歌风格的形成年，这一年至关重要。他从这一年的年头写到年尾，马不停蹄，昼夜不休，最关键的是质量稳定，好诗层出不穷。我一边读一边惊叹，他这是什么样的诗神附体，才能在一年里持续保持良好的诗歌状态？

一如的写作首先是一种回归悲田的写作。他写下的是老年哀痛的日记，日复一日，年复一年，是必须、非得、不得不记下的哀痛。我捧着他的诗在手心，像捧着一个人温热的骨灰，又有“今夕是何夕”之感。他是那种“伤痛完整了，诗就完整了”的诗人。诗大都很短，但有如山的重量，又像河一样婉转。他写衰亡，用一种漫不经心的语言和语调。诗结束了，像真的结束了一样，其实远没有结束，他的诗正在结束的地方开始呢。寥寥数笔，便见一股子倔强的奉献之流在其诗中流淌，匆匆勾画，便见悲苦的爱，在白纸上现身。显然，他是一个上下里外的沟通者，有时温柔，有时猛烈，但大都以温柔的面容显现。在这一点上他是积极的，在另一个点上他又是消极的，也因此我们可以在他的诗里读到他对古典精神的敬意以及践行。他有点儿像晚年的陆游，或是正在完成的顾城，一个写梦的诗人，一个急于在梦里醒来的诗人。他很紧迫，也急于呼喊别人从梦中醒来。因此，观一如的诗，大小形制，无论长短，皆从悲田里流出，浇灌人心，开出别样的花朵。

其次，一如的诗是简略的，甚至有些干枯，干枯到近似“肉搏”。他试图写出很小，但有千钧之力的诗。水落石出是他要表达的。他常常会表达一些生死经验，用的是文学手段，其实也没有太多文学招数，他唯一的几乎不变的就是一颗真心，赤诚相见，几乎每一首都如此；他少有曲折，几乎都平铺直叙，直到一首诗水落石出，也许这首诗刚开始就水落石出。他写的是纯善的诗，起点善，过程善，终点还是善。不再是很大很大的诗而是很小很小的诗，不再是声音很高很高的诗而是声音很低很低的诗，有善在那小和低里就好。真诚和善心是来让一切变得简单的，因为解脱几乎是一如唯一的目的。

再次，我认为一如写下了最年轻最苍老的诗，或者说写下了最有童心最苍老的诗。比如，他的《在一幅古画里》，情调跟张枣的《镜中》很像，但如果把两首诗并置在一起，孰高孰低，立见云泥，人生与纸上人生差别大矣；另一首题为《呼吸之间》，这首诗里有人的一生，可以循环播放，它很苍老，不易觉察。两首诗，一年轻，一苍老，我认为很可以概括一如诗歌的大致模样。

最后一点相当重要，一如的诗很实在，每读一首都像锄头刨向泥土那么实在。他展现的不是语言的肌肉，而是语言的骨头，是一种深表担忧的语言风范，就像画一张画先要打个底。一如诗歌的底子是实在的、哀伤的、深表担忧的，但那千钧一发的寥寥数笔却在那实在的底色上留下了令人久久难忘的诗歌记忆。人的意义、世界的意义，也许都在那千钧一发之中了，只要回光返照，直接承当便是：

我要给你们裁出山水般的衣服
我要给你们诵读钟声般的圣语
我要给你们养出鹿角般的比喻

2023 年 7 月 25 日

自 序

我出生在山东博兴县一乡村，村庄的名字叫汾王村，家谱里记载我的高祖王满子在明代洪武年间率族人迁徙而来，祖祖辈辈生死于斯。当时，村南有一座奇大无比的冢子，相传里面埋着战国时期著名的辩士淳于髡，村北是春秋霸主齐桓公的行宫遗址。汾王村的“汾”字与山西的汾河有着水脉之牵，据说那时有一条埋在地下的河流在沙子中穿过村庄，到了夜里能清晰地听到河水流动的哗哗声。汾王村在清代出过一位巨人王树袍，是位武举人，传说他坐在屋檐上穿靴子，一口气喝十八碗面汤，一顿能吃一擀饼轴子厚的烙饼。周边的村庄是以“兴和”“张下”命名的，到现在还有儿歌在村里的孩子们中间流传：“七兴和，八张下，打不过汾王一王家。”从中可以看出来，这是个多么崇尚英雄的村庄，这些早已经作为血脉或者疤痕长在了我的生命里。

我和哥哥在乡村，有奶奶和我的太姥姥照看我们，太姥姥会讲故事，奶奶操持家务。我的父亲当时也是中学毕业，在生产队当会计，据说是位十分有文艺范儿的年轻人，得到了十里八村的青睐，后来因公遇难，时年二十八岁，那时我哥哥五岁，我三岁。我一生的记忆从这次丧事中千奇百怪的哭声里开始了。母亲在公社卫生院上班，白天工作，晚上开批斗会。后来我的继父，是位十分敬业又受师生爱戴的中学教师，“文革”期间他从未伤害过他人，也从未受到过批斗。后来有了我的两个妹妹，我背着一个拉着一个，在野花芬芳的田野里玩耍，多少辛酸中的欢乐呵，真似苦菜的花朵。这些记忆日久天长，已经分不清哪是现实，哪是梦境，它们流动在我的回忆里成了我文学的泉水。

有少部分时间我跟着母亲在公社卫生院。我母亲中学毕业后在村里当赤脚医生，后来又被推荐到公社卫生院，那是多少人羡慕的事。她被安排在药房为病人抓药。母亲姓益，因为她对病号的服务态度好，人们送给了她一个美好的名字——“小益”，今年八十了，镇上的老人还是叫她“小益”。有许多医生、病人和中草药的名字，现在我还记得。

村子里的西湾、北湾、南湾都是我戏水的地方，那些欢乐喷泉一样涌动在童年的时光里。一年中总有几次“翻湾”发生，可能是气压低，湾里的鱼纷纷露出水面，有时能突然抱住一条活蹦乱跳的大鱼。只有东湾，我们不敢进去，因为里面有鬼。之前湾里发生过淹死孩子的事。又有东乡来的货郎说，有一次，他从东湾经过，看到水面上漂着点心和几枝花，他用秤砣去打，结果秤砣也漂在了水面上。而恐惧就是从这里开始的。东湾的下水口有点儿像家门口的式样，两边是同样大小的方石，下铺上盖着两块宽大、光滑的青石板。那温润而清亮的石板上刻着铭文，每逢雨天，字迹就被冲洗得清晰可见。我们常常在夏夜躺在这温润的青石板上，望着深邃夜空中的星辰，遥想着湾里死去的人就在那群星掩映的天堂里。后来我想，那几块石板如果一直立在家庙里，也就是再普通不过的东西，可当它安放在东湾的入水口，就出现了应有的神奇，并沁润了一群孩子童年的心扉。有时走在夜间的小路上，会看到有一团火球缓缓飞过夜空，降落在不远处的树林里，据说那就是人死后飞走的灵魂。那时，村庄的打麦场广阔又平坦，我们坐着或躺在那里，听读过闲书的老人说书，《五女兴唐传》《隋唐演义》《水浒传》《聊斋》……对英雄的崇拜成为很深的情结。而有的说书人专讲纯民间故事，有的是带“葱花”的，也就是黄色的，让一群孩子们听得满脸通红，兴致勃勃。性启蒙也是从那里开始的。“文革”时期，村里的“造反英雄”用土枪和弹弓攻打县革委大楼，把县革委的头头们押到村里的家庙里，让一些泼妇日夜咒骂他们，还开着夺来的吉普车招摇过市。我们小孩子就抟泥玩，作为打弹弓用的子弹卖给他们。这些记忆成为我的长篇小说《王满子》以及许多诗歌的来源。

1977年，我十二岁，上六年级，为了纪念伟人逝世一周年，语文老师陪着我去公社广播站朗诵了我哀悼伟人的一首诗。播音员说我写得好，朗诵的普通话也很好。那时，我就自大地认为我是个诗人了，呵。1985年，我在济南读书期间，通过普珉读到了朦胧诗的手抄本。当时正是朦胧诗遭到批判的年代，我就读到了根子、食指、芒克、多多、北岛、欧阳江河等人的诗。那时，顾城、舒婷、杨炼等，他们的诗在官刊已经能够读到了。20世纪80年代出了一套《外国现代派作品选》，袁可嘉先生主编的，还有一本《世界抒情诗选》，后来又出了续集，稍后北岛主编了一套《国际诗坛》，这都是我的启蒙读物。早期是芒克、多多和北岛给我更多的影响，尤其是芒克，到现在我还能背他的许多诗。那时，我还在读艾略特的诗，《荒原》我也能背过些许，那不叫读，那叫啃。他不单让我懂得了现代诗歌的深广以及肌理和结构，更直接的是教会了我另外一种阅读方式。以此为起点，我得以阅读了更多的西方现代派诗歌、小说和戏剧。应该是在1989年吧，我在《黄河诗报》第一次发表诗歌。

民刊《他们》我也是从普珉那里拿到的，我读到于坚、韩东、吕德安、小海、柏桦等人的诗，汉语的优长在普珉那里得到发扬。张清华是我的同乡加兄长，他写我的评论，以及面对面的交谈，常会激发我的写作欲望。还有我的朋友赵雪松，那时几乎天天在一起谈论诗歌，现在还这样。我们一起办民刊《诗歌》，后来又与严冬等一帮更年轻的朋友办民刊《极光》。近几年，我读了杨键的诗，看见了中国诗歌的良心。后来我结识了国外回来的学者李康英先生，一位大学问家，是2011年至2012年欧洲大学教材《欧洲海外历史年鉴》的著作人之一，他的东方史学和哲学观，给了我很多启发。

20世纪90年代末，我很少写了，有一种尽头感，怀疑诗坛也怀疑自己。2003年感觉来了，2004年写《习经笔记》（即后来的《〈诗经〉笔记》），也就是以《诗经》为题材的，接上了源头活水，靠近了我的诗学理想。这些诗写了七年才成集，现在还在写。之后的几年又少了，主要是读书饮酒，2015年，有五十多天的时间，我写出了以《易经》为题材的《〈易经〉书》，感觉越老越有了宝刀。2017年写《结绳》，一口气写了150多首，“老夫聊发少年狂”了。我的《〈诗经〉笔记》从2004年到2012年成书是72首，后来又陆续写，前后十多年，跨越一个年代。我知道一部重要作品的写作需要时间的磨砺和岁月的浸润，一边生活，一边感悟，一边经受，身体力行，一个时代过去了，一部作品或可以留下。“与四时合其序”，日积月累，风蚀虫蛀，刀砍斧劈，烟熏火燎，追求毛笔之于宣纸的俊朗飘逸，刻刀之于金石的生涩苍砺，而后成。

古诗，几乎是全面浸淫着我，《诗经》《楚辞》，屈原、陶渊明、李白、杜甫……我热爱他们，几乎没有偏爱。这是我的阅读爱好，从某种意义上说——这就是我的诗，从古代到当代，从古人到我，这就是“我写的诗”——一个“传统”的个别意义。正因为都是我的，我才有了源泉，也就有了我自己，当一个人在阅读，整个人类也在阅读。

对外国诗我也仍然有很大的兴趣和热心。外国诗人夸西莫多、蒙塔莱、西门尼斯、叶芝、洛尔迦、聂鲁达、弗罗斯特、斯蒂文森、里尔克、荷尔德林、卡瓦菲斯、索佩阿、保罗·策兰、阿米亥，还有俄罗斯白银时代的诗人，都是我喜欢的。庞德、奥登、博尔赫斯、卡夫卡，女诗人狄金森、普拉斯、毕肖普，在不同的时间里去阅读。这种影响是不可避免的。《神曲》，我常常会回头再读。

艺术的根源是诗性，读懂了诗歌也就读懂了其他艺术。我就是从读诗写诗之后，读小说、散文、戏剧，欣赏电影、书法、绘画。它们是相通的、互动互补的，譬如，我常常从绘画和书法里悟到诗歌的妙用。我是个诗人，也写过小说，其他的我不会。也幸亏如此，要不我连个诗人也当不了。

打通几千年的中国传统，取得西方诗歌之好，写出不偏不倚的中国风范的诗歌，这也是我说的“本源写作”的理想——“外师造化，中得心源”，“具正法眼，悟第一义”。不单诗歌，我的艺术批评也随之而来。当然我还是要说容量，诗歌要有一个铁胃，敢于承受和包容，心有多大，世界有多大，诗歌也就有多大。可它又小，细若游丝，大音希声，一个诗句弱到致命，那正是它的殊胜之处——“致广大而尽精微，极高明而道中庸”。

诗歌的道行，需要一双才思泉涌的写作之手，不仅仅是悟透，不仅仅是看穿，更应该经过个体与自我的水火炼狱，困惑与迷茫，挣扎中的坠落与救赎。我知道，道德生出天堂，而诗歌的眼睛凄凉地遥望着——越是逼近死亡越是有了新生。

从古诗中我体会到现代诗歌的格律之所在。在我的诗里，这些要素是有的，平仄、押韵，类似于对仗的时空关系，长短句的配合，只是没有固定而已。比如说韵律，有一韵到底的，有随机转韵的，有转走又转回的，所以叫作韵脚，诗歌的韵脚是即行即飞的。诗需要通达语言与自然、社会、日常以及当代的关系，世间万物都是我内心的显现，每一寸山水、每一株花草、每一个生灵，都是我——我的肌肤、我的愁肠、我的肝胆、我的心肺、我的疼。每一个事物都不是独立外在的，大关怀就是这样升起来的，慈悲心就是这样升起来的。现代汉诗追溯本源的努力亦在于此，对这个时代的姿态亦在于此，而对外来诗歌的兼容与辨认亦在于此。

我对传统诗歌与外来诗歌的学习仍在继续，越是对自己的传统接通根底，越有接受外来的姿态和胸怀，交流与影响是有的，而诗歌的霸权从不存在。这是个十分特别的时代，属于它自己的诗人呼之欲出，有的在当代就会出现，有的需要在未来才被辨认和钩沉。中国的当代诗歌是中国文学中最好的，仍然代表着中国文学的最高水平。一部分诗人已经做着主动打通传统与现代的工作。历史与时代性转而成为一个身体里的社会状况，是内化于心之后的辨析与吐纳。所谓当代汉诗的现代性走向亦应如是观。

目录

辑一　消失的白马

003　消失的白马
005　看见归途
006　给孩子们
007　清　贫
008　偶　拾
010　放生谣
012　明月之心
013　飞　奔
015　同　心
016　学　而
017　归于我
019　节

辑二　黄河谣

023　入　冬

024　每一个人
025　孩子和狗
027　黄河谣
031　坐在一幅古画里
032　已经丧尽精魂
033　必须是蜡梅
034　尽管是这样
035　你一生都在追逐名声

辑三　地老天荒的妈妈

039　我是你地老天荒的妈妈呀
041　我不应该再带着身体去爱
043　一声鸡叫里描述了一个世纪
045　它们的巢在长长的摇臂上一起一落
046　在春天她静悄悄的
048　走　吧
049　春深处传来的哭泣声
050　那棵老榆树还在

辑四　簇新的叶子

053　送　别
054　美

055　我们只不过是一位食客
056　簇新的叶子
058　回忆我家的黑狗
060　路边的一棵树
062　开　幕
——赠党震
063　我只能醒过来
065　呼吸之间
067　忆秦皇岛

辑五　发问

071　给劳动者的献诗
072　发　问
074　小　过
075　天　气
076　屈　服
077　生前身后
079　庇　护

辑六　祭月

083　访水落坡
085　永久之意

087　埋了它
089　偶　遇
090　一汪眼泪
092　忘记了应有的
093　重逢与分离
094　这声轻叹
096　屈辱之泪

辑七　衰老的新意

099　立　秋
101　衰老的新意
102　益母草
103　一些钱来
104　忆七夕
106　这张钞票闪现着缕缕泪光
108　成　果
109　悼　柳
110　老年的安详
111　叹　云
112　时间的叛徒
113　疑　云
114　馨　香
115　孩子们在用高倍望远镜看月亮

116　丑　女
118　虚　惊
119　野　草
120　当万物受到侵害的一刻

辑八　人类应有的现实

125　婚姻见
127　见叶子
129　债　务
130　为了挽留住一枝蜡梅
——观《蜡梅山禽图》
132　入　冬
134　落叶祭
136　断　章
143　饭　后
144　冬　天
145　一粒扣子
146　一碗清水

辑九　找到了我的有巢氏

149　回　味
151　“多了一点儿银”

152　梦中之梦
153　错过的爱惜
154　清明祭
156　蝉的第一声鸣叫
158　十七块六的工资
160　杀　贼
161　一　见
162　古　意
163　奥　秘
164　写在中秋
165　一黑一白两只大鸟
167　秋　分
168　马扎子
169　鸟　影
170　灶　台
171　霜　降
172　碰上一条大鱼
173　卖豆腐的女人
175　两只鸟儿仿佛在述说

辑十　《诗经》笔记

179　寿　火
180　哭　诉

181 爱　火
182 忧愁是一口古井
183 像往日一样走来
185 月亮那么远
187 盼望和你一起白头
189 虚　词
190 一个遗失的童话
192 一缕泉水
193 小雨下起来了
195 逃　亡
196 流　传
198 二子乘舟
199 某种意义
200 因为淇水流过去
201 鹌鹑的眼泪
203 建　造
205 哀悼故国
207 我们曾经
209 梦竹竿
210 失去容颜
211 见　狐
213 江上的哭声
215 识破一梦
217 离　曲

218　捎给妈妈的口信
220　乞讨的孩子
222　白骨观
224　爱情的错误
226　拴
228　补丁上的翠鸟
230　哀　虎
232　我背着一匹马儿
233　无　畏
235　大路上
236　嬉　戏
237　老年的凄凉孤儿
238　约　会
239　历数家珍
241　经不住流水
242　顾　虑
243　中国的少女
245　花的囚徒
246　难道不是这样吗?
248　从一个国到另一个国
250　踉跄一生
251　饭碗沸沸扬扬
252　牺　牲
254　"十亩之间"
256　颠倒之声

辑一　消失的白马

消失的白马

一匹白马自古而来
它招摇的尾巴是世界上众多的歧路

一匹白马此刻正经过我的身体
像逝去的岁月一样洁白

一匹奔跑的白马
踏碎了我心中一段薄冰似的空白

迎面而来的白马
它的眼睛像蔚蓝的湖水
像深邃的未来
吸引着我

它的一声嘶鸣就是一场惊心动魄的战争

而此刻这匹奔跑的白马
正从我的心田中嗒嗒远去

我就像一位没赶上这匹白马的英雄
隐姓埋名
转身回到自己蠢笨的身体
转身回到城市里编号的房间

因为刚刚扛完一罐煤气
而喘息不已

1994 年 3 月 9 日

看见归途

一片树叶因为虫蛀而改变了形状
更像是通向家园的地图

2005 年 7 月 10 日

给孩子们

我要给你们做出素琴般的美食
我要给你们裁出山水般的衣服
我要给你们诵读钟声般的圣语
我要给你们养出鹿角般的比喻
我希望你们拥有大地的德行
我希望你们练出闪电般的勇气
可你们永远要做朴素的劳动者
你们的心灵能承受雷
却也能拣得起雨滴

2011 年 7 月

清　贫

清贫的云朵垂挂鸟鸣
清贫的天空有雷滚过
真理的闪电英姿飘飘

清贫，我的幸福油然而生
清贫，你是风吹长袖里永不流转的银子

它的颜色，它的质地，它的味道，它的声音
它的清贫之清

2012 年 6 月 12 日

偶　拾

日子久了
就会想起雷声

那时我们可以放下手中的农具
在发暗的屋子里小酌
话不多
寥寥落落的几句
像燕子翩翩飞过进门的斗笠

人未醉
豆大的雨点子落地

现在我已在城市久居多年
繁忙的公事并不是庄稼的茂密
很多亲人前后离去
我在衰老

雷声里
我明白了土地的含意

我的故乡还在那里

我听见了那里响起的一片雨声

2012年7月21日

放生谣

鱼儿，我要捧着你
把你送回溪里去
鱼儿，我要抱着你
把你放到河里去
我捧着你
好像捧着曾经丢掉的孩子
我抱着你
好像抱着曾经失散的兄弟
辛苦了
那捕捞的渔夫
他的生计里还没有我们的秘密
感谢你
那鱼市上的贩子
他给我们让了利
他多找回的一枚硬币
好像是孩子随手拣起的雨点
雨点上
写着我们小小的咒语
那我们也一起把它放下去吧

呵，阳光从天降

阳光追逐着大鱼和小鱼

到海上去到河里去

到手上去到怀里去

2013 年 3 月 30 日

明月之心

我侧耳，一截鸟鸣声
像一弯水瓢
仲秋的日子
月亮，它没有破碎
在有毒的轻雾中
它只是更加坚韧
有时能响起隆重的鼓声
可我依然能向你
取来我的少年
像镜中明月，花不完的碎银
掬落于清洌的溪水
那少年的笑声被云朵接走
你在那时还能望见我
依然在这个早晨
安静等待明月降临
只是他的牵挂已如岁月苍青
拨开一层薄云
只看见明月
不问明月之心

2014 年 9 月 8 日

飞　奔

我刚从葬礼上回来
死去的老师像倦叶一样安静
前往的人
却好像停在了某个车站

三十年没见的同学
在此一一见面
比梦还要短暂
临别的挥手如落叶飘零

有情无情
死还是生
我只看到一滴眼泪

它如鸟儿栖落枝头
众多的手接不住它

我的心希望像这只鸟儿
在一滴泪未干之前

努力地飞

越过山川和平原

只是为传递丁点儿的情谊

2014年10月5日

同　心

我睁开眼睛
窗口如裂开的石榴
带来芳香之光
轻霜里遮住微微的号角
是喜悦在生长
我起床洗漱，亮了亮嗓
把窗户打开
把米熬上，把炉火拨旺
让清水在壶中歌唱
我吃饭穿衣锁门开车
喜鹊在瓦蓝的天空飞翔
我飞在油黑的路上
一路看飘飘的落叶黄
我与万物同心
迎着霜降中的阳光
霜降的阳光
像明媚的刀丛让我飞在其上

2014 年 10 月 28 日

学　而

鸟儿居于屋檐上
树木摇曳
你童年的衣袋里
装着黛青色的瓦当
乌鸣的小雨点儿
落在你摇摆的发辫
在这里，我的想象
铺开了岁月的篇章
你们都是古代的小孩儿
在孔子的家乡
你们读到了《论语》的章句
圣人的天空下
你们像古树上的新枝
开向天去

2015 年 11 月 5 日

归于我

这三只麻雀
是我
先在争吵
后又窃窃私语邻里之事
它们飞来飞去也在家里
这一排大雁在天上
是我
像溃退的散兵
还在变换着队列
这条被垒了水泥堤的小河
是我
干了
偶有一阵柴油味的污水
涌过来
河边的那棵柳树是我
已经垂垂老矣
左面挖掘机撞破的伤口
还未愈合
右边又被一位游客

用刀子刻上字

小青——我爱你

现在

它又发芽了

那新芽那么美

它上面滴着春光

微风一吹

它还有掌纹一样细的歌声

它是我

那个打穿了别人家玻璃的枪眼

是我

我用这个枪眼

看着别人的富贵

看见他又提着脑袋出门了

这就是我

而不是我的

这个我是多么深切

2019 年 1 月 6 日

节

彝伦攸叙。

——《尚书·洪范》

只有鸟叫的细绳
能拴住我的心
只有伸展的新叶
能托住我的清泪

我的劳动
原本是树叶的增长
在鸟叫的议论声里
我开始索取

所以有果实累累
也有了囤积
也有了不死的欲望
所以劳动有一个节
竹子的节

在安闲的节日里

响起竹子嘹亮的拔节声
后来爆竹开在天上
有了火药味

只有鸟叫出的细绳
能拴住我的心
只有蜷曲的倦叶
能包住我的浊泪

为此有了美丽的制度
它制定在青铜和竹简上
叫我的生活如此天真

2019 年 5 月 1 日

辑二　黄河谣

入　冬

衰草的细流，
叫我止步。

枯老的葡萄藤，
是我蜿蜒的故土。

一捧翠叶，
让我反省多时。

一截细竹竿让我折戟。

遍地的黄叶，
让我匍匐——

它把我铺在地上，
它让我有了大梦。

2020 年 11 月 22 日

每一个人

每一个人
都是我的一扇窗户，
我能见虚空的世界。

每一个人
都是我的一扇门，
我能从那里进进出出。

每一个人
都是我的一座坟，
上面摇摆着脚丫儿似的花朵，
我的儿童赤脚走来。

2021 年 1 月 16 日

孩子和狗

一条小狗在寒风中
冻得颤抖，
一个路过的孩子，
迎着它张开双臂。

小狗看了看
跑开了，
它跑了很远又回头看，
它可能觉得这并不是一个圈套。

孩子张开的双臂变得虚空，
这张开的双臂，
已经开始迎来春光。

这条小狗
完全是我小时候见过的那条，
那时我捡起一块砖头
把它赶跑，
它也是跑了老远还回头看我。

现在我看见我的童年，
更像这条小狗，
而这个孩子
在向我张开双臂。

2021 年 1 月 16 日

黄河谣

一

黄河在奔流，
岸上的麦苗摇摆抽穗。

二

农民在盖屋，
工人在造桥，
炊烟在屋顶上描绘妖精。

三

黄河黄
青天青
我的炕有童年的尿味，
我的梦能娶媳妇回家。

能收到无常先生的聘礼，

能收到死讯，
带着一笼点心。

四

一堆白骨，
让河水的旋涡唱如蚕丝。
黄河黄
青天青
你是我的生，
你是我的死，
你是我的生生死死。

五

战争和英雄在唢呐里跌跟头，
皇帝和朝代是一张饼，
一口碗盛着晃悠的江山。

红鲤鱼红鲤鱼，
在未被糖醋烹饪之前，
快快跳过龙门。

六

衰败的乳房，
一如歉收的布袋，
黄河断流。

座座坟茔如岸边的斗笠。

七

夫妻的私语，
月光下辽阔的渔鼓戏，
在河岸的轻风里断断续续。

八

我的牛在春耕，
这是我的自然，

我的牛像一棵老柳，
一根老柳棍
为临终的亲人，
指向西方大路。

随芦苇荡的惊鸿一瞥，

黄河奔流到海去。

2021 年 3 月 13 日

坐在一幅古画里

坐在一幅古画的风涛中，
古松与细竹在空阔中静喧，
仿佛我在一叶舟里撑篙，
忘记了家乡。

一笔一片叶，
两笔一个人，
三笔青山白水旷荡的世界。

我仿佛总在这幅古画中，
一代又一代的藏家，
盖满了朱红的石印，
如一口口肃穆的棺椁。

仿佛我本来在那里，
把此刻的我留在画外。

2021 年 3 月 21 日

已经丧尽精魂

钢管子落地之声，
让我丧尽精魂。
我还是愿意听见捣蒜声，
在北方的平原传得很远，
会有月牙透出。
我还是愿听见偶然的豆腐梆子声，
会有早年的旧事现前，
会是重温旧梦。
虽然那时也少不了凄凉，
可惊心动魄的事不多。
我还是愿意听见最初的机器声，
那时不光是我，
我们大家都以为，
可能离新生活更近了。
直到从新起的商业楼上，
听到钢管子落地之声，
我已经丧尽精魂。

2021年3月21日

必须是蜡梅

我掌握了很多知识，
我学会了运用自己的眼睛，
我搬弄自己的鼻子，
我甚至能把自己拆开，
又重新组装起来。

一枝梅花
在窗前点点开，
一只燕子的呢喃是一串问号，
一朵自由之花，
需要开在自然的风中。

噢，必须是蜡梅，
必须凌寒而凛冽，
她的芳香销魂夺魄，
她的美如刀口对我。

2021 年 3 月 22 日

尽管是这样

尽管是这样，
惊奇的小草还是从砖缝里露出了脑袋，
女儿的笑声有着小河的清冽与妖娆。

啊，我永存的故土，
我的箭一样离去的村庄。

2021年3月23日

你一生都在追逐名声

你一生都在追逐名声，
追着追着把自己的身体弄丢了，
然后又后悔得连连击掌。
不要看我在说你，
我也没能逃过这阵掌声，
我们明明知道这是一个虚名，
我们明明知道这真的是一个虚名，
我们辜负了天天抄写的《心经》，
我们共同辜负了观自在的声音。

2021 年 3 月 23 日

辑三　地老天荒的妈妈

我是你地老天荒的妈妈呀

人啊人
人啊人
我久久地在这里等你，
我已经等了你很久，
我像一位妈妈在等你。

有时我听到你的呼声了，
我等着你回来。
有时我听到你哭了，
你喊着：“妈妈，妈妈……”
这声音又若隐若现。

后来我只好到处找你，
你又笑着跑了，
我爱你的笑声，
可是我知道，
你的笑声
像一袭绸缎，
在时光里溜走了……

很久我也没有找到你，
我还是回来等你吧，
我若隐若现又听到你的哭声。

这哭声已经老了，
这哭声已经白发苍苍，
这哭声已经细若游丝。

人啊人
人啊人
我是你天长地久的妈妈呀，
我是你地老天荒的妈妈呀，
我一直等你回来，
我盼你这就回来。

2021 年 3 月 23 日

我不应该再带着身体去爱

我不应该再带着身体去爱，
我应该是爱的本身。

去爱沸水一样生活的人们，
去爱愚痴的畜类，
去爱枯荷护着的流水和鱼儿，
这流水里
倒映着虚幻而美丽的倩影。

我应该带着一双眼睛，
看见落日的余晖里，
鲜血般壮丽的河山。

我不应该再带着身体去爱，
我应该是那个破烂不堪的妈妈，
求她那个不肖之子回家吃饭。
她的儿子一边采着她的头发
一边打她，
这位妈妈跪在地上，

一边哭着，

一边给儿子系鞋带。

2021 年 3 月 24 日

一声鸡叫里描述了一个世纪

公鸡叫了，

该起床了。

小时候我奶奶教我学鸡叫

“鸡狗狗牛”

“鸡狗狗牛”

一声鸡叫里有生发，有成长，

有雄壮后面的衰败，

最后的一声，

是戛然的结局。

一个回声

“鸡狗狗牛”

“鸡狗狗牛”

一声鸡鸣里，

有一日的预演，

也是生老病死的一段描述，

一个世纪也终结在一声鸡鸣里。

公鸡叫了，

该起床了。

“鸡狗狗牛”

“鸡狗狗牛”

我们闻鸡起舞，

完成一生的预演，

黎明里浮现出许多鸡冠花一样的脸庞。

2021 年 3 月 24 日

它们的巢在长长的摇臂上一起一落

我们这个院子的北侧，
原来有一块空地，
那里有几棵老树，
灰喜鹊一直把巢筑在那里。
去年冬天这里搞开发，
把几棵老树都砍了，
把它们身旁的那些小树也都砍了。
灰喜鹊没有地方做窝，
就把巢搭在塔吊的长臂上，
开塔吊的人也喜洋洋地看着它们，
觉着它们能为他带来好运。
这座楼很快就建完了，
有建筑工人，
从十五层楼上掉下来摔死了。
灰喜鹊看见了人间的这些悲喜，
还是一天天为他们唱喜歌。
它们的巢在长长的摇臂上一起一落，
谁也不知道工地再搬到哪里去。

2021年3月24日

在春天她静悄悄的

她静悄悄的，
打着朵儿，
乌鸣的青石子落地，
她笑开了口。

（那青石子像一个蹦跶的儿童）

她迎风盛开也不怕雷霆，
她沦落风尘，
眼睛上也挂着轻霜。

（那雷霆长着苍老的树皮）

她辗转成泥，
小路上飘过来芳香。

（那泥巴能捏出鸟儿的叫声）

在春天，

她早已经返回枝头，
她早已经返回枝头，
静静地打着朵儿。

（那树根上摆开了蚂蚁的集市）

来了又去，去了又来，
从容不迫又年复一年，
一朵花儿，
这就是一个祖国的含义。

2021 年 3 月 26 日

走　吧

走吧。

走到哪里都是我曾经去过的地方，
年轻的是山，
苍老的是花朵。
我是我的主人，
我是我的马，
我是我的鬼祟。

我斩杀我。

2021 年 3 月 29 日

春深处传来的哭泣声

春天的城市已经繁花似锦，
累累花簇压弯了枝头。
我在马路上走，
看见已经有几片花瓣，
静静地落在路面上。

我仿佛已从春深处，
听见嘤嘤的哭泣声。
欢乐如此短促，
哭泣如此悠久。

细细的哭泣声，
飘过大河，
在江水那头的哭泣声，
又从远古传来……

“长太息以掩涕兮”，
我咀嚼这些花瓣。

2021 年 4 月 2 日

那棵老榆树还在

那棵老榆树还在，
几间破烂的瓦房还在，
树枝间几只雀儿在蹦跳。

这棵老榆树曾经被雷劈过一回，
也被大风摧折过好几次，
她的伤口已经结疤，
她的断臂仍然垂着。

榆钱儿，榆钱儿
在蓝天下，
你挂满泪珠的笑颜，
抚育着我的童年，

你是我的母亲，
你是我的老母亲啊。

2021 年 4 月 4 日

辑四　簇新的叶子

送　别

多好的海棠花在春风中笑醉，
多好的一片青瓦被摔得粉碎，
多好的世界也没把他挽回，
多好的朋友们，
把他的骨灰埋进墓地，
也纷纷离去，
多好的妻女还在春风里哭哭啼啼。

2021 年 4 月 6 日

美

她的面像一枝桃花，
我们才看着她美。
她的眉毛像一片柳叶，
我们才看着她美。
她的眼睛像一弯新月，
我们才看着她美。
她的腰身像春风中的杨柳，
我们才看着她美。
人的好做成了女子，
女子的美都在自然里。
这是传下来的汉语对于美的教育，
处处都是自然的教育，
汉语的美也源于自然。
秋天叶落萧瑟，
草木荒寒，
她在大水的那边，
看上去更美，
更接近美的本质。

2021 年 4 月 9 日

我们只不过是一位食客

我们只不过是一位食客，
每天把自己扛来扛去。
滔滔言辞，
没有一个麦粒重要。
我们已经不再承认，
曾经踏浪远去，
曾经御风飞行。
那时我们在谈天论地，
现在我们连一粒粮食都谈不到，
我们只不过是一位食客，
全然忘记了当初为何来。

2021 年 4 月 9 日

簇新的叶子

一截被砍断的槐树干上，
抽出一根长长的枝条，
枝头冒出一簇崭新的树叶，
像婴儿的小手在轻摇。
我看着那簇新叶，
（曾经凋谢过多少个春秋）
天空乌云散开，
露出一道天光。
这时我听到一个孩子在喊：
“妈妈，妈妈。”
我回头看去，
一个孩子抱着一只碗向我跑过来，
他从一间老房子里跑出来，
（那间老房子好像是爷爷老残的躯体）
这孩子把我当成了他的妈妈，
我伸手接着他，
这奔向妈妈的欢喜，
让我泛起母亲的慈爱。
这时他已经扑到我怀里来，

孩子明亮的眼睛里倒映着那簇新叶，

风吹过来，

那簇新叶展开翅膀。

2021 年 4 月 11 日

回忆我家的黑狗

小时候它在土里看着我，
就像一位忠实的保姆。
后来我妈妈去镇医院工作，
早去夜归，
都是它送去接来，
它在我们家中摇摆的尾巴，
成为生活的颂歌。

那年生活困难，
大人们吃糠，吃黄茎菜
孩子们吃不了这个，
老喝水，
把肚子喝成了水肿。

我奶奶照着狗拜了三个日夜，
忍心把它卖了，
然后我奶奶锁上家门躲出去了，
买狗的两个民兵，
把绳子套在了黑狗的脖子上。

它两只前爪拼命扒着绳套，
眼睛求救似的看着我，
我哭喊着扑过去，
都被他们拉开，
现在我想起它的眼睛，
就像我相依为命的哥哥的眼睛。

前几年我把它写进了小说，
那时它还在挣扎，
现在它死了，
那年我奶奶也死了。

从此后那根绳子，
一直套在我的脖子上。

我盼着奶奶快点儿回家，
拔下发髻上长了绿锈的银簪子，
哗啦一声拨开家门的木闩。

2021 年 4 月 14 日

路边的一棵树

我每次从它旁边走过，
它总是报之以掌声，
给我一片清凉。
今年春天它没发芽，
别的树已经新叶簇簇了，
这我才知道，
它已经枯死了，
在风中拉出凄苦的二胡调。
可它还是不断地向世界献出什么——
把身躯献给虫子，
把枝杈献给鸟窝，
现在它还没有倒下，
哪一天它就会倒下，
或被锯掉。
它还是不断地向世界献出什么，
孩子们会折下它的树枝，
去流沙上画出白云，
也可能被做成一根拐杖，
替一位盲人探路，

也可能什么也做不成，
那就在灶炉里化作火，
把一锅饭做熟。
从那锦绣的火焰里，
我能看见隔世的亲人归来的模样。
它现在还没有倒下，
只是风中拉出凄苦的二胡调。

2021 年 4 月 15 日

开　幕

——赠党震

你的画展就要开幕，
你敞开外衣准备致辞。
一位老妈妈从观众中走上前，
把你的扣子一粒一粒扣上，
听说那是你的妈妈，
从故乡刚刚赶来。
她已经满头白发，
你的头发也已花白，
你的事业已经显赫，
我随后看到你画的累累荒石，
寒山和千年的残雪，
长满野花的一条泥路，
童年遥远的一声呼喊，
一并成为当前的现实。

2021 年 4 月 25 日

我只能醒过来

我爱过的那张脸，
犹如清清井水里的月亮。
现在早已不在，
有时候在梦里还是那样生动，
那时，井水在月亮里。

我走过的那条小路，
犹如一根牵绕的柳丝。
现在早已被铲平，
在梦里，
小路深深浅浅，
柳丝还在拂动，
春风吹诵着乡音。

回老家上坟，
大叔把我小时候的几张黑白照片
送给了我。
那上面还有我奶奶，
我的几个同学，

他们有时也出现在梦里，

这几张照片已经焦黄如蝉蜕，
井水还未从梦里打上来，
梦也不能延时进行。

我只能醒过来，
看到眼前什么都没有，
我也必须醒过来，
知道梦里梦外，
都不能让我想要留住的，
成为久留。

2021 年 4 月 29 日

呼吸之间

你的棋还没下完，
春天很快就没了。
一呼一吸之间，
万点红已经过去。
涂满绿叶的火车开过来，
你手里有票，
检票人是谁你看都没看。
被你吃掉的棋子握在左手，
这会儿上车的是一位女子，
历朝历代她都是我们的美人。
在戏台上你曾与她彬彬有礼，
在幕后你曾偷了她包里的珠玉，

一呼一吸之间，
已经到站，
精彩的棋局拼得精光。
检票人有一副秋霜的模样，
到现在你想的还是那个美人，
当你把棋盘拿起来，

它竟然是一面镜子，
正面看是风情万种的美人，
反面看是一具白森森的骷髅，
在暮春一下子把你吓到了暮年。
一呼一吸之间，
夏天的知了叫了。

2021 年 4 月 29 日

忆秦皇岛

我是第一次来秦皇岛，
好像感觉如此熟悉，
登临古炮台，
隐隐的厮杀声还一阵一阵传来。
砖缝里，
一棵干枯的荒蒿，
我仿佛在哪里见过，
在瞭望塔口，
残损的青砖砌出的扇面，
有寒鸦飞过，
我仿佛早已见过。
在静默流去的风里，
青山沉入暮色，
深秋艳红的草木，
我仿佛早已见过。
在山脚一片荒草间，
一个儿童在尿尿，
像一脉甘露，
我仿佛认出了故乡。

当我进了元代留下的一个村庄，
一位画在古镜上的女子认出了我，
那是我从前的妻啊。
在一座古窑残留的砖瓦间，
我的眼里含着泪水，
仿佛去打问祖父的消息。
我是如此熟悉。
原来历史从来就没有把我放开过，
我始终在一个牢不可破的轮回里，
我从来就没有例外，
我从来就不是一个故事。

2021 年 4 月 30 日

辑五　发问

给劳动者的献诗

劳动者，
你和牛是大地上两支最美好的花朵。

镰刀收割麦浪的舞蹈，
犁铧翻开泥土的波浪，
献给你。

把春风吹拂的酒献给你。

把七夕和鹊桥献给你。

牵着你的牛，
把蓬莱当成你的客栈，
把不死之地献给你。

2021 年 5 月 1 日

发　问

一大早，
一只鸟儿，
从树枝飞到楼壁。
脚爪勉强抓住一块砖，
翅膀扑打着以免坠落，
歪着头，
透过窗户反复问我：
“为什么？
为什么？”

如此的悦耳惊讶，
如此的古老邈远。

我还没有醒过来，

我还不知道它问的是什么，
我还不知道问题出在哪里。

因为我们失去了早晨的井，

我没有一盆井水来洗脸。

2021 年 5 月 3 日

小　过

鱼儿游在盘里，
鸟儿飞过门口，
孩子们在树叶的风里，
听广播。

不过是小过，
一条大河是大过，
小过过不去。

2021 年 5 月 4 日

天　气

这么好的阳光，
这么好的树，
我要置身于我的农田里就好了。

我的朋友陶渊明比我来得晚，

我的棉袄在田垄上抚育蚯蚓，
我的鞭梢在天空中描绘花朵。

2021 年 5 月 5 日

屈　服

初夏
巴掌大的泥土，
还为我们捧出新鲜的青菜。

一棵还挺不直的小树，
只有三片叶子，
还养育着一只鸟儿。

看到这些
我屈服了，
我的心甘做一抔泥土。

2021 年 5 月 15 日

生前身后

死了，
身体就立不住了，
一块墓碑立起来，
上边的碑刻犹似判词。

你的亲人，
你身边的人，
往往会斤斤计较。
刻上些什么词，
用什么样的石料，
请谁来撰写碑文，
请谁来篆刻它？

这时风就吹起来了，
一死你就回到了生前，
你会读到这些铭文，
就是无字碑，
也会被风读得朗朗。

人想安息，
而风越吹越大，
把你生前不管不顾的身后事，
读得越来越响。

死了就回到了生前，
你在生前早就站在了自己的碑前，
站在这永不停息的风里。

那墓碑也被风吹得像一位戏子，
那碑文也被风吹得像一件行头。

2021 年 5 月 16 日

庇　护

苍老的白云，
在高楼上飘浮，
如慈悲的祖母，
在守望着忙忙碌碌的我们。
苍老的祖母在幻化中庇护着我们，
幻化成牛马羊群，
幻化成群山与江河，
想幻化成龙，
已经不成样子。
因为我们的高楼只是高，
没有了飞檐，
没有了飞檐上驻守的——
龙、凤、狮子、麒麟、天马、海马
狻猊、押鱼、獬豸、斗牛、行什……
没有了它们的感应，
那苍老的庇护已经幻化不出龙。

2021 年 5 月 17 日

辑六　祭月

访水落坡

在一声鸟鸣的枯荣里，
麒麟已经流亡，
家门已经关不住，
很快被拆了。

药匣子里已无药可抓，
门板被做了担架，
后来又做成棺材。
门联还贴在上面，
字迹残损已不对仗，
剥落的纸在荒凉的风里哭。

我是修补匠的后代，
我的手艺已经失传。

该碎的都碎了，
该卖的都卖了，
该烧的都烧了，
只有一声鸟鸣了。

我还在一声鸟鸣的枯荣里，

苍老的世界等待返老还童。

2021 年 5 月 22 日

永久之意

一只戴胜鸟，
在地上觅食。
一个小孩儿走过来看，
看了一会儿，
小孩儿再往前走，
鸟儿就往后退。
小孩儿跑着追，
鸟儿就飞走了。
小孩儿继续追，
结果绊倒了。
小孩儿哇哇哭，
大人赶上来，
把小孩儿扶起来。
拍拍身上的土。
顺着小孩儿举起的手指，
看到了一只飞走的戴胜鸟。
大人领着小孩走了，
鸟儿又飞回来。
生活就是这样周而复始，

于日月的轮换中。

大人小孩儿
和这只鸟，
仿佛有永久之意。

2021 年 5 月 28 日

埋了它

一只大刺猬
死在马路上，
仰面朝天。

一身坚硬的芒刺，
能抵挡野兽，
却禁不住车轮的碾压。

这样横过马路去做什么？
如果等到夜里，
车灯照着它鲜红的内脏，
该有多难看啊！

用一块洗车的抹布
包住它，
拿一根枯枝撬不动硬土。

回来抽一根烟，
再带上铁锹去埋它。

它死得简单，
构不成交通事故，
埋它的人就要去上班。

但愿有一朵白云飘过，
有几片树叶，
用更长的时间去哀悼它。

2021 年 6 月 8 日

偶　遇

等红灯的一刻，
一只黑色的小甲虫
爬上我的挡风玻璃，
就像从虚空中来，
世界看见它的正面，
我正对着它的反面。
纤细的小腿匆匆忙忙爬过，
一会儿爬上车顶不见了。
前方显现出生机盎然的树叶，
静谧深远的天空。

这时绿灯亮了，
道路像一种鞭策，
我必须驱车前行。

2021 年 6 月 28 日

一汪眼泪

人工养起了一池水，
几个老人孩子坐在水边。
老人在扇扇子，
小孩子在玩儿。

小孩子还没感觉到雨，
奶奶指着水池里一个个圆圈说：
“看看雨在那里。”

鱼和小龟是人放进去的，
燕子飞过水面汲水，
水黾在划船，
细线一样的小蜻蜓飞得忙，
它们都是自己来的。

雨点落在水池外的水泥地面上，
顷刻被摔死。

我们只能养一小池水，

我们现在怎么才拥有这么一点儿水呢，
像一汪眼泪。

2021年6月29日

忘记了应有的

一对鸟儿，
在空中欢乐地鸣叫。
飞到一起，
用翅膀拥抱了一下，
又清脆地鸣叫着各自飞往天空。

看见了吧，
一切的交往，爱意，深情的嘱托
就是在这飞翔中的一遇。

而我们在地上要用很多年，
忘记了应有的飞翔，
甚至忘记了应有的翅膀。

2021 年 6 月 30 日

重逢与分离

大雨滔滔，
时光静默，
几朵荷花开在心间。

我曾在漫步的微风中，
在黄昏寂静的蝉声里，
看见过这片荷花，
我的心灵也终于呈现出来。

有一次我是驱车经过，
高速上看见这片荷一闪而过，
我的心灵也在荷花那边，
看见我一闪而过。

现在是大雨滔滔，
我在细思重逢和分离的古意。

2021 年 7 月 14 日

这声轻叹

一棵树被砍倒了，
因为配电房要增容，
它碍事了。

它还没长大，
它的树叶正茂密，
它被砍倒的时候，
发出了一声轻叹。

这声轻叹，
仿佛并不是为了自己生命的有无，
而是对世人的惋惜。

那位砍树的中年人，
那位折枝的青年人，
那位打扫树叶的老年人，
还在围着它忙活，
并没有听见这声轻叹。

在一旁指挥干活的包工头，
正在忙着打电话，
也没有听见这声轻叹。

因为我正来此为自己的电动车充电，
我不幸听见了这声轻叹，
也听到配电房永远的嗡嗡声，

我只是一个无关的人。

2021 年 7 月 17 日

屈辱之泪

我在一段泥路上走着，
一辆车开过去，
溅了我一身泥水，
我的气就上来了。

当我低头看路，
一丛蓬勃的青草，
被我踩在泥里，
又从泥泞中慢慢挺立起来，
雨滴又像泪水一样洗清它。

好像母亲屈辱的泪水，
洒在衣襟上，
立刻变成了一片月光。

所以我对一个民族性的苦难，
一直抱有极大的信心。

2021 年 7 月 16 日

辑七　衰老的新意

立　秋

一圈青草
是老瓮底的痕迹，
在早晨
我回到旧宅
邻人告诉我老瓮早被搬走。
我茫然想起先人，
在一声春雷中，
把一口古瓮立在檐下。
又经大旱中的麦收，
五月十三一场甘霖把它淬亮。
早时它盛过清水，
又盛粮食，
饥荒年代它腌咸菜，
咸涩而幸福的感情油然而生。
远亲的报葬信传至门口，
那口瓮里的秘密，
以及隐藏的动静，
总是我们富饶或贫寒的缘由。
有两只蛐蛐跳上瓮沿，

鸣叫出秋声。

现在只有一圈青草，

只有秋风即临。

2021 年 8 月 7 日

衰老的新意

一个小孩儿
在尿尿，
他的小鸡鸡，
像鸟儿在鸣叫。

他朗朗地笑，
天空开目，
秋意袅袅而来。

已有几片叶落，
我的衰老有了新意。

2021 年 8 月 8 日

益母草

生产困难，
危机四伏，
血崩。

在这个命悬一线之机，
我去取药。
益母草，
请你出山，
上路，
救我母亲，
我会以命相报。

花朵是嘴唇，
叶子是剑。
一棵草，
竟能救母。

2021 年 8 月 8 日

一些钱来

一些钱
它流通在人间，
它会来到我的手上。
我要接住它，
像一瓢水一样捧着它，
它要给我买来奉养，
我就送它上路。
我不能像鸟儿一样捉住它，
那样它的歌声，
就会变成吱吱的救命声。
在关键时刻，
它却会救我一命。
它从我的手里飞走或者流走。
在最关键的时刻，
它无用，
我心安理得于它的无用。

2021 年 8 月 12 日

忆七夕

我们在一起割草的时候早就认识，
就是我第一次进校门，
把我领进教室的那个女孩。
我们交换了镰刀来用，
她的镰刀月牙一样快，
我的镰刀木头一样钝。

她说今夜就是七夕，
我们抬头去看天上的银河，
我们看银河在天上流。
我看到她用手托着腮，
一直在看，
忘记了割草。

后来的一天女孩落井死了，
她妈妈每天晚上都拿着她的鞋子，
在村头等她。
后来她妈妈也跳井死了。

可是我们一直牢记，

我们的爸爸和妈妈早就在天上相会，

早就把故事给我们准备好，

一直在等我们。

2021 年 8 月 13 日

这张钞票闪现着缕缕泪光

她小小年纪在卖玉米，
一共卖了十块。

有人跟她要两块，
她就把这张十块的给了他。

这张钞票真好，
闪现着缕缕泪光。
这阵清风也好，
吹起她薄云一样的头发，
吹着她的汗珠。

你走了很长的山路，
又背着一筐玉米来卖。

妈妈的重病，
一筐金灿灿的玉米，
压着你小小的身体。

唉，妈妈的病什么时候能治好呢？

但愿你的悲苦，
化作一缕清风。

2021 年 8 月 11 日

成 果

我的诗已经从春天写到了秋天，
几场大雨，
让多少事情泡了汤。
一次次追逐的希望，
也像一串水泡一样破灭了。

可花朵的事业，
最终有了结果。
像吊在架子上的一个葫芦，
为做一只光荣的瓢，
就把自己剖开，
并且贡献出一大把籽儿。

可这远未是我们的追求，
就是七夕之夜，
我们的爸爸妈妈相会在鹊桥上，
一声声呼唤我们，
我们也要识破一个族性的假象。

2021 年 8 月 15 日

悼　柳

在秋天，
北方的野外有战火，
荒乱的炊烟里，
孩子们在找妈妈。

一棵柳树就站在岸边，
她袅娜的身姿，
有着牺牲之美。

她的眉毛飘落了，
河水接受了它，
几只蛐蛐在用翅膀为她悲悼。

她的牺牲之身，
披着一袭霞光。

2021 年 8 月 21 日

老年的安详

坐下
秋天
得来老年的安详，
故乡回到身边。
闭上眼睛，
看见真实的情景。

听见几片叶子落地，
像新鲜的归乡人
路过，
和我打了招呼。

2021 年 8 月 26 日

叹　云

被火烧着的云，
没有根蒂，
在烈火中她如此奇丽。

必然有大河转弯处的汹涌激浪，
必然有浩劫，
断流的绝望。

必然有壮烈的牺牲，
青松断裂时的异香。

或彻底屈服，
因为交出一切变成一无所有。

在火烧的云天里，
我们忽然拥有了坦荡无垠的生命，
无畏而空空的真理——

因为伟大的启蒙而猛然觉醒。

2021年8月26日

时间的叛徒

早晨醒来，
黎明就像履带嘎嘎地铺过来。

他们嫌我太老，
就把我推下来，

我抱着一个小坟丘在哇哇地哭，
原来我是一名婴儿。

2021 年 8 月 28 日

疑　云

这些云在天上，
千变万化，
并没有与我们商量过，
所以我们想预报它。

其实不然，
千百年来我们就知道，
只是像难忍的类风湿，
叫我们相互猜测。

我们本来知道它为什么，
千变万化。
如今不知道了，
只是预报然后防控。

我们总是有一种默契，
到现在还没有相互谅解。

2021 年 8 月 31 日

馨 香

连日秋雨，
终于晴天了。
可以晒晒被子，
吸足了阳光的被子是祖母，
死去多年后，
隔世返回的馨香。

有一种患难与共后的
团聚的欣喜。

2021 年 9 月 7 日

孩子们在用高倍望远镜看月亮

孩子们在用高倍望远镜看月亮，
又看木星和土星。
在人工湖畔，
我坐在从远方购来的太湖石上。

尚有一只蜘蛛为伴，
它在辛勤组织自己的国土，
并不去比较人类的高楼大厦。

尚有一只促织，在一遍又一遍
唱着单调而动人的歌曲。
没有歌词，
也不用旋律，
所以我不去梦想也不必沉思。

湖水动荡，含着我的月亮，
暂时的濯足之波，
试图勾勒出我的轮廓。

2021 年 9 月 13 日

丑 女

我的村庄在明朝初年，
就坐落在黄河岸边，
夜晚能听见古道上战争的马蹄声。

我有一儿一女，
儿子英俊忠勇，
已经从军去戍边。

女儿是从河滩里捡来的，
一个丑姑娘，
好吃懒做，
秃头六指，
总爱骑在墙头上。

她越长大
就越成了我的心病，
她小小的六指是我隐隐的心疼。

看到柳树上的一块疤痕，

看到月亮缺了一块，
它才拉起了弓箭，
用月光射穿了我的心。

在传说中，
她被皇上选妃的人看中。
说她头顶金冠，
坐下黄龙，
那是后话，

是月缺的那一块。

2021 年 9 月 17 日

虚　惊

一场飓风忽然刮过，
我的家园已经片瓦不留。

我紧紧抱着妈妈，
妈妈紧紧地抱着一棵老树，
老树的根紧紧抓住泥土，
根也快拔出来了。

坟墓里的亲人也都惊醒，
一只蝴蝶咬住我的衣领，
它的翅膀已被吹破，
后来知道是梦里的一场虚惊。

后来再细想，
我现在才是在梦里，
我们现在都在梦里，
家园里也没有人意识到这一点，
他们生活得还很现实。

2021 年 9 月 24 日

野　草

它们带着自己小小的爪牙，
在土地上放任自流。
有的是青草的罪犯，
戴着镣铐，
将自己放逐天涯。

而我们的思念，
正是被它们的驴子驮着，
一直在月光下回到故乡。

现在它们被逼到水泥路缝里，
被逼到砖缝里，
好像泥土把它们用力地挤出来。
好像泥土留下的
将我收回的最后一道缝隙。

我的彷徨失去了守卫的爪牙，
我的趺趺宕宕没有苍黄的镣铐，
已经孤老无依。

2021年9月30日

当万物受到侵害的一刻

当万物受到侵害的一刻，
雨就会下起来，
替代那隐去的训誓。

缥缈的细雨，
像一种袒护，
萦绕着春蚕一样悲苦的爱。

心像一头牛那样，
失去了土地，
失去了眼泪，
只剩下空空的牛眼——
无水的深井。

我想把耳朵安放在那里，
不为了倾听什么。

没有泪痕，
描绘不出国土的边界，

当万物受到侵害的一刻。

大雨，大暴雨

因为绝望才覆盖着至死之爱。

2021 年 9 月 30 日

辑八　人类应有的现实

婚姻见

秋雨流淌，
衰草，
支撑着，
窗前的树，
掩盖。

有一队婚车，
在阴云下，
漆黑漆黑的，
像一排排门扇，
即将驶入生殖的激流。

我看到这景象，
祝福，
是我的本分。
衰草支撑着，
是对我的勉励。

秋雨流淌，

逝去多么自然。

2021 年 10 月 7 日

见叶子

这里静悄悄的，
只有几片叶子。

前几天翠绿，
现在开始发红。
霜降过后，
就红艳艳的。

仍然会变黄，
金黄金黄的，
最后变枯。

静静地落下来，
像几滴泪。
有时是飘飘荡荡，
落下来。

我并非来收集落叶，
我已经老了，

剩下的时间，

我去找回我的魂。

2021年10月28日

债 务

小时
太姥姥和奶奶在照看我。
有一次，我看太姥姥的棉袄破了
露出来一朵朵棉花。
我说等我长大了，
给她买一件新的。
太姥姥欢喜得
就像一朵朵露出来的棉花。
奶奶也跟着随喜，
好生羡慕的样子。
她俩一前一后离世多年，
昨晚我望着天上的月亮，
想起我还没有给她买上一件新棉袄。
我也已经渐渐老去，
在明月中，
她们仿佛还在纺线，
要为我赶制一件新棉袄。

2021 年 11 月 2 日

为了挽留住一枝蜡梅

——观《蜡梅山禽图》

为了挽留住一枝蜡梅，
皇帝要经受亡国之痛。

画下一枝蜡梅，
她是又一个朝代的残山剩水。

我是那枝头的两只白头翁，
右边那只已沦落进历史风尘，
古铜色的蜡梅，
在战火中辗转反侧——

一个脸上抹着锅灰的小女孩儿，
为了躲避战乱，
混在逃亡的人群中，
从她惊恐的眼睛里，
我还是看见了那枝盛开的蜡梅。

我是失去了另一只的白头翁，
在一幅古图上不能动弹，

不能辨清自己的真伪。

2021 年 11 月 7 日

入　冬

坟茔里又起了一座新坟，
翻出的土还是新鲜的，
泥土的味道，
纸灰的味道，
还在。

旁边插着青青的柳木棍，
这根柳木棍，
是为亲人指路用的，
上面缠着绣花的金边纸，
仿佛还在婚姻的时辰。

这情景分别出现，
在童年、少年、青年和老年。

再来到坟前的，
可能就换了人，
柳木棍已经长成春风中的柳树，
燕子从南来，

坟也成了老坟。

2021 年 11 月 7 日

落叶祭

下午，带孩子去学英文，
看到许多环卫工人，
把公园的树叶推在一起。

现在的落叶堆积如山，
挖掘机把它们装上车，
成为城市的垃圾。

在过去，当落叶飘零，
我们的诗篇就发生了，
我们甚至有了生命的学问。

落叶到底去了哪里？
只有神才能知道。

现在完全颠倒了，
一片片落叶，
成了一个个问题、一个个烦恼。

只有孩子捡起一片大落叶，
用刚学的英语呼喊它。

2021 年 11 月 29 日

断　章

一

旅途中见过一畦麦苗，
从此留在了我的心间。
我带着一片麦苗之心，
在奔波中并不枯竭。

二

在人世间，
总有一片流水，
现在哪里寻，
听到暖气片里的流水声，
我都有一种暂时的安慰。

三

你吃方便面吗？
这方便面可比铁丝更不容易生锈。

四

我们失去了麦苗的那种情怀，
像断掉的螺丝帽滚落在机床边。

五

有一个老鼠洞也足矣，
让我们盗用往昔的人生。

六

老鼠啃吃的遗体，
让我们活过来，
回顾自己，
检讨已经回顾过的自己。

七

我赤脚走在春水上。
我赤脚走在落花上。
我赤脚走在细沙上。
我赤脚走在泥泞上。

我赤脚走在蒺藜上。
我赤脚走在火墙上。

我的笑只是花朵与露水，
我的哭声正是浑茫的河水。

八

旷劫以来有圣者出兴于世，
哀愍众生，
他只等我们一回头，
可我们自认为尘土里有一个故乡。

九

我的悲戚无用，
我的处心积虑只能压在梦里。
我只能去看树叶，
树叶在我的张望中落了下来，
我只能去看鸟儿，
鸟儿飞了。

十

我因为常住在无明里，
发现的每一件事物都有针对性，
我的心啊，应该是妙明本觉的真心啊。

十一

福楼拜说：天才并不值得赞赏，
它只是一种精神病而已。

我看他也是个天才。

十二

一丛野荆条，
跳跃在大路旁，
叶子落尽在干草里，
干草如沐一新。
红艳艳的小果子也干枯了，
还是红艳艳的，
棘针也干枯了，
露出来小小的獠牙。

十三

你们造的楼房那么高，
直挺挺的，
没有雕刻神兽，
只是悬着。
没有指向深空的愿望，
也没有星辰可摘，
风一刮就好像摇晃，
能撑几天呢？

十四

只有摘到星辰，
你才能安然地死。

十五

一只鸟叫的像滴水，
一只鸟叫的像敲门，
一只鸟叫的像金黄的钹，
鸟叫声里也有个人间。
只是它们会飞，

也没有什么两样。

十六

月牙儿挂在天上，
你把它比作镰刀无妨，
你把它比作笑弯的眼睛无妨，
它不是贴上去的，
圆满对它来说只是一刹那。

十七

再好的南瓜，
也不能留下过年，
必须舍出去。
正好就有虫儿长出来，
像一丛新芽。

十八

农民工骑着电动车，
车上绑着一把铁锨，
飞快地从我身边驰过。

如果在农田里哪有这么快呀，
他一定是赶往工地去了。

十九

一堆麻雀聚集在屋檐下，
像一堆穷朋友，
嘀咕东嘀咕西，
无非是些男女之事。
一把米撒下，
它们就纷纷扑过去，
并不知道上面有一张捕鸟的米筛子。

2021 年 12 月 13 日

饭　后

饭后
肚子咕咕响，
是消化不好了吧？

仔细听听
仿佛两个人在说话——
包含着许多事情，
末了，有一声袅袅的鸡啼
说明时日已过。

我，不过是一位第三人称而已。

2021 年 12 月 26 日

冬　天

冬天，
是一方洁净的瓷盘，
里面盛着咸菜。

外面是雪花纷纷……

2021 年 12 月 26 日

一粒扣子

一粒扣子，
就能使你庄严，
风解不开它。

在那惊心动魄的大海上，
你喊着——美啊！
你奋不顾身就扑了过去

妈妈为你缝的扣子，
落了一地。

2021 年 12 月 26 日

一碗清水

一碗清水
每天都在等着你来把它喝掉。

有一天你没有来
又等了许多天，
你还是没来。

它就化作了天上的云朵，
在你的坟茔上空，
轻轻为你歌吟。

2021 年 12 月 26 日

辑九　找到了我的有巢氏

回　味

一个空旷的早晨
听到一声锣响，
再没有第二声，
就这样空荡荡悬在空中。

我等候着，

激烈的欢呼，
好像有大事要开场，
下面有很多人物要出现。

好像人们又耐不住日子里的寂寞，
又要从年关里纷纷出笼。

我知道
这是从祖父到我三辈人的历史的一响，
好像河水从屋顶上流过，

后面有一声凄凉的长叹。

为此我思量不已，
再去回味一遍，
咣
是落地声——

也许是有人搬家，
一面顺便捎带的旧锣
不小心落到地上，
豁然开朗。

2022年1月31日

“多了一点儿银”[1]

我什么也没有，
我自然去看窗口。
窗外荡漾的女人、孩子和牛，
自然都是我。

蜻蜓点开的一丝波纹，
就能展开我的心田。
牛咀嚼的一把青草，
就能贡出我的春天。

远方的炮火声让我祷告连连。

我得了银，
就把它涂在窗口的玻璃上。
我再看不到窗外的事物，
我只看见了我自己。

一个囚徒把自己锁在镜子里。

2022 年 3 月 10 日

①[美] 查尔斯 · 斯温德尔 ：“多了一点儿银，便只能看见自己。”

梦中之梦

我荷锄归来，
无非是在做梦。
我披星戴月走去，
无非是在做梦。
风筝啊，
在一个暖风如醉的春日，
我把你放飞天上。
那根线是我的泪痕，
我的细弱的生身之地，
我的梦中之梦，
耽误了死期。

2022 年 3 月 24 日

错过的爱惜

在我停车位一侧，
发现一小片野菜。
像一窝小猫刚刚出生，
还未睁开眼睛。
有微弱的咿呀声，
多么可爱呀。

一早我去开车，
发现一辆摩托停在上面，
有一溜野菜被压在车轮下面。
周围的一圈，
紧紧地依偎着两只车轮。

我想去把它推开，
终究还是自己开车走了。
只有树枝上的几声鸟鸣，
像几滴爱惜的露珠，
落在摩托生锈的排气管上。

2022年4月4日

清明祭

我奶奶老去的时候，
几乎已经不说话了。
脸上的皱纹已经慢慢平息，
像古箫被秋风吹尽，
阡陌小径已归大路。

我的父亲骑着自行车从白云间归来。

我的陀螺在转着，
在傍晚的火烧云中，
我坐上了父亲的自行车。

我们还不愿回家，
我们的心也没回来，
烈火中的云彩把我们蒙在鼓里。

妈妈来逮我，
只是把我的褂子抓回去了。
我们贪玩儿的心是一只迷离的野兔，

尾巴有多长呢?

天有多长呢?
一部宏大的历史有多长呢?
生与死如果不是一件事,
那我们就从大路走回到了岔路上。

妈妈也老了,
她跪在地上为我们诵经。
她却是荆棘中的红莲,
她给我洗好的褂子是出水的莲叶,
在晒衣绳上飘荡。
像一只白头翁,
将会奔向她的国度。

源泉在荒芜之地,
更加清冽,
再一次浇灌我脸上的条条歧路。

2022 年 4 月 6 日

蝉的第一声鸣叫

蝉的第一声鸣叫不是屈原。

有一声鸣叫是李清照，
有一声鸣叫是柳永，
有一声鸣叫是江水寒，
我听出了它的《声声慢》，
我听不清它的《归去来》。

在有我的一个年代，
我高举着一块面筋，
悄悄伏到树下
忽然粘住它的翅膀，
在它嗷嗷的叫声里
活生生把它粘下来。

后来我见过一个场面，
一个男人从一个女人怀里
抢一个孩子，
他吸盘一样的小嘴巴
紧紧吸住妈妈的乳头，

就这样把孩子拽走了……

“蝉声初到树，客梦不离家。”

又一声
对着清风作揖，
又一声
船行千里远，
又一声时已至残秋，
又一声露压翅膀不能飞。
又一声人已白了头。

我去过的那个年代，
已经没有粮食吃了，
就把粘下来的蝉烧了吃，

“现在回忆起来那味道
比海参鲍鱼还要好吃”

死去的蝉在泥土里
坠至黄泉
蝉的第一声鸣叫不是屈原。

2022 年 7 月 14 日

十七块六的工资

少女时代的妈妈
并不出众，
她的怀里抱一双刷得雪白的球鞋
像抱着两片雪花。

改造，批斗，一服服中草药
后来那双球鞋终究是磨破了，
可还是被她刷得雪白。

可她并没有想过再得到一个篮球。

后来我和哥哥
两个妹妹
还有她救起过的黑狗
拖着被人打瘫的后腿，
一直跟着她
去银行取出十七块六的工资。

这个工资的资，

就把她划进了一个不祥的阶级。

远远的那青山啊，
那断掉的不再升起的炊烟啊！

一行脚印贫穷，
那是弯弯的月亮经世不屈。

窗户上破损的毛头纸，
一缕晚风断断续续
把我们写进历史的背面。

一双残雪般的球鞋
是我们一生的不圆之月。

2022 年 7 月 19 日

杀　贼

一只绿色的虫儿
从老槐树上挂下来。
牵着一根长长的丝，
在大暑中的一阵风里扭动。

一个小男孩儿看见了
在欢呼雀跃——
吊死鬼儿，吊死鬼儿

我听见了，
他在喊谁呢？

那根深情的细丝，
来自阎王的门缝。

我在虚空中杀贼，

垂垂老槐是悟到深处的阿罗汉。

2022 年 7 月 25 日

一　见

一只金蟾现身，
老朋友
难得一见啊。

你问我故乡之事，
我也多年不在那里。

你们把我供在案几，
我并不认识。

在短暂的水影里，
青草颔首。
当你陷入沉思，
我已遁去。

2022 年 7 月 28 日

古　意

竹子枯了，
我的笔也成枯笔。

雨也老去，
青苔在梦里生出来，
我和梅花都白了头。

鸟儿离枝飞去，
剩下枝条弹拨残音。

我就这样一个人转身走了，
地球像一杯冷茶飘零而去。

2022年8月16日

奥　秘

偶然间听到一声汽车喇叭，
竟像驴子的叫声那般昂扬。
我们热衷于用物质模仿生命，
然后再去享受它。
这时我坐在汽车里，
秋日即深，
又听到一只寒蝉凄鸣之声。
继而是断断续续的抽泣，
最后它干燥地从树上落下来，
这正是我们的生命走向失败的奥秘。

2022 年 8 月 31 日

写在中秋

在路边一家门口，
一个小姑娘
正在用两只小手
努力拍打爸爸的大手。
她用一对月牙儿一样的眼睛
望着爸爸——
“你为什么把我从梦里叫起来
你为什么这么早就让我去上学呀？”
我路过这个门口，
看见爸爸的大手是裂开的，
指甲盖里满是油泥。
这位憨厚的爸爸，
并不知道孩子到底学到了什么。
只是小心地蹲下，
抱起孩子继续去上学。
这个问题就这样传到我身上，
今晚我将带着这个问题，
去遥望一个民族的最圆之月

2022 年 9 月 9 日

一黑一白两只大鸟

两只大鸟
飞过湖面，
一黑一白
一声又一声叫着，
那叫像一声声敲诈。

为什么就没有婉转悠扬的声音了呢？
因为这人间已过于奢侈。

因为流水
已不婉转，
树木已不悠扬
它们被押解。

自从我们动了修改自然之心。

白的飞向白天，
黑的飞入黑夜，

一声又一声叫着，

敲诈着我们的心髓。

2022 年 9 月 16 日

秋　分

我们的诗歌只不过在水上做画，
当诗句写到秋分，
露珠就会凝结，
我们就离开人形化为草木。

2022 年 9 月 23 日

马扎子

趴在地上
去沙发下面找东西，
找什么呢？
一时又忘了。
歪头想一想，
正看到这个马扎子。
十多年前来自老家，
一个秋收季节，
带着机井水和玉米叶子的喳喳声。
这时我得以看到它的四条腿，
有一种会走路的样子，
可一直不动。
我坐着它吃饭，
已经十多年了。

2022 年 10 月 3 日

鸟　影

一只翠鸟又绿又蓝
嘴巴长长，
又刚从水里叼出一条鱼，
飞到空中。

鱼儿在空中翻身，
回不到水里，
只有身上附着的水
又滴回水里。

拿相机的人赞叹奇景，
赶紧按下快门，
发出射击之声。

之后那片水又归于宁静，
呈现出一轮悲苦之月。

2022 年 10 月 6 日

灶　台

在秋天
灶台成为生活的中心
锅里煮熟了奉献之物
墙上熏黄的灶王有点儿哈欠
却还是垂首不语

枯木柴草在炉中化为火焰
映红了母亲的脸庞
生命的锦绣

窗外那几点寒星
是多少年前跑丢的孩子们的眼睛

2022 年 10 月 8 日

霜　降

早晨去买菜
经过建筑工地，
有一个小伙还穿着短袖，
很强壮，腿瘸
问我菜市场有没有早饭，
我说有，又问他的腿
他说是出了一次工伤事故。
一会儿又过来一位老人，
穿着棉袄，
咳嗽着问近处有没有药店。
说病了多年，
也查不到病因。
他们的眼睛里都有一层暮色，
看不出清晨的晓光。
今天是霜降，
万物殷红，
他们的病也在霜天里露出根脉。

2022 年 10 月 23 日

碰上一条大鱼

进门来，
一条大鱼浮现在眼前，
我恍若置身于一片大水中。

再看时
大鱼游在一个很大的玻璃缸中。

来到了一家大饭店，
我是来参加一个孩子满月喜宴的，

那条大鱼后来就流浪人间。

2022 年 11 月 2 日

卖豆腐的女人

一位妇女推着一辆板车走过去，
车上有一垛没卖完的豆腐。
她的胳膊上是洗得发白的套袖，
像七十年代的纺织女工。
车上有一个叫卖的电喇叭，
已经失声。
我想看到的木梆子已经失传。
她想在路边停下再卖一些，
周边看看又没有人，
人不知都去哪儿了。
幸好冬天短暂的暖阳还在照着她，
照着她被衰老掩盖的美丽。
也照着路边一棵大树，
那棵大树也是美的，
树上深黄的叶子还未落尽。
因为没有人，
那么多鸟儿在树上淋漓地叫着，
好像一场幸福的雨水。

这并不能帮助她卖完这垛豆腐。

2022 年 11 月 9 日

两只鸟儿仿佛在述说

一棵是枯死的榆树，
一棵是枝条青青的洋槐。

青青的洋槐美得素雅，
枯死的榆树不是美不美，
而是有一种老死的庄严。

一根细绳拴在两棵树之间，
有时挂着晾晒的衣裳，
有时有风，
把衣裳吹成云朵，
有时什么都没有。

衣裳被收走了，
有两只鸟儿落在细绳上。
仿佛在述说——
一会儿流丽，
那是江水的清流。
一会儿细碎，

那是溪水的波光粼粼。
一会儿嵯峨，
那是山岳的曲折峥嵘。

一只鸟儿飞走了，
另一只鸟儿望着飞走的鸟儿，
然后也飞走了。

两棵树之间，
还拴着那根细绳，
那绳儿悠闲得像一道水波。

夕照中的一条细绳，
岁月深处传出的一声归去来。

2023 年 1 月 3 日

辑十　《诗经》笔记

寿　火

蔽芾甘棠，勿翦勿伐。

——《诗经·召南·甘棠》

想起你在杜梨树下的好模样，
我们就更爱这棵杜梨树。

这棵树是你休息和睡觉的好地方，
高尚的操守有美丽的衣裳。

先人早就叫我们要一直点着寿火，
在万般苦难的日子里，
我们会点起香，
你会在青烟里出现在这棵树下。

在受尽屈辱的时刻，
在赴死的瞬间，
叫我们从容不迫，
焕发着你那样的好模样。

2021 年 5 月 9 日

哭　诉

江有汜，之子归。

——《诗经·召南·江有汜》

江水流，
是我在哭。
江水的分流处，
是我在哭诉。

我在哭我的丈夫，
你已经抱着新人回家去。
不我以
不我以
是我在哭诉。

旧事早已成灰，
是江水一直哭到今。

2021 年 5 月 10 日

爱　火

有女怀春，吉士诱之。

——《诗经·召南·野有死麕》

心灵的激荡，
碰出了火。
鹿在火中跳跃，
一会儿就被烧死了。

守身如玉的妙子，
身陷危险的爱情里。
我只有离岸观火，
狗在为我们报警。
我不能指挥救火，
我只是把狗牵走。

可惜我们还在赞美这古老的火，
烧得越来越旺。

2021 年 5 月 11 日

忧愁是一口古井

忧心悄悄，愠于群小。

——《诗经·邶风·柏舟》

我在船上漂流，
很多人都在指责我，谩骂我，
连我的哥哥都对我怒气冲冲。

在漫长无眠的夜里，
我已经做不成一场美梦。
我的翅膀被他们拔掉了翎羽，
不能让我飞走，
石头不能形容我的心，
草席不能比喻我的志。

忠诚把我锻造成一位男子，
坚贞把我塑造成一位女子。

忧愁是一口古井，
清醒的井水洗出我的万古愁。

2021 年 5 月 17 日

像往日一样走来

我思古人，俾无尤兮。

——《诗经·邶风·绿衣》

绿衣裳黄衣裳，
我看着这一件件衣裳，
我久久地想念你。

你亡去的那么早，
如今我看见你像往日一样走来。
又坐在门口为我缝衣服，
一针一线好像缝出了一条小路。

你就从这条小路上回来，
一针一线也缝出了一个梦。
这个梦像一弯月牙儿，
盼着它在水里圆起来，
好做我俩的镜子。
我俩就在梦里，
在水中的镜子里。

绿衣裳黄衣裳，

我俩就走在你一针一线缝出的小路上，

因为恩爱，

却叫天长地久。

2021年5月18日

月亮那么远

日居月诸，照临下土。

——《诗经·邶风·日月》

每天早晨，
我都会听到东邻家的女人在咒骂。
她骂丈夫和孩子，
骂村里的人，
骂家里的畜类，
后来骂万事万物。
每天早晨的太阳，
就是从东邻那边升起的，
阳光也从邻居的墙头照过来，
这样太阳就变成了日子。
晚上她也在骂，
月亮也是从东邻升起来。
那一年我不知怎么就病了，
麦收时节，
我七十多岁的奶奶为了挣工分，
还要到生产队的场院里梳麦秸，
临出门总是给我熬下一锅粥，

够我喝一天。

我睡在一棵石榴树的阴凉里，

（后来是我写诗的地方）

月亮那么远，

可月亮的光华却这么近，

像一件米色的单衣，

披在我和我的病上，

这样月亮就成了岁月。

东邻的咒骂声又起，

我们的生活在日月里更加坚强。

2021 年 5 月 20 日

盼望和你一起白头

死生契阔，与子成说。

——《诗经·邶风·击鼓》

女人啊女人，
在咚咚的战鼓声里，
我想你，
你是我月下的花枝，是我的露珠，是我的玉
也是我的渡口，我的灶台，我的瓮
你是我丝织的薄衣，
我用手捏着你，
在浅浅的江流里浣洗。

我本应该牵着你的手，
与你在浅浅的江流旁一起老去。
可是我在战场上不能回去，
敌人在战场上也不能回去，
他的女人和你一样美丽，
将军的女人也和你一样美丽，
我们都盼望活着回去。

活着回去，就是盼望牵着你的手

一起白头一起老去，

可我们会战死疆场，

我们阔别在苍茫的生死里。

2021年5月21日

虚　词

道之云远，曷云能来？

——《诗经·邶风·雄雉》

云，作为一个虚词，

就从诗句间飘了起来。

古老的汉语是我们遥远的故乡，

因为河流条条，

因为山峦重重，

我们回乡的路何其遥远。

云从诗句里飘了起来，

让我们的思念变得多么悠久。

2021 年 5 月 23 日

一个遗失的童话

旄丘之葛兮，何诞之节兮！

——《诗经·邶风·旄丘》

几千年前那些孩子就已经失散了，
这些葛藤准备从根上出发，
去分头寻找离散的孩子。
它们找不到那些孩子，
就沿路扎下根，
把耳朵一样的叶子附在地上听。
它们不知道路有多么长，
不知道很多人对此已不抱希望，
它们的身体生长一寸，
它们的路就延伸一寸。
在春天它们满怀希望努力爬去，
到夏天它们觉得自己更壮实了，
它们能爬出很远了。
后来它们觉得有些凉了，
那耳朵般的叶子开始变红，
红得像血，
慢慢地又变黄了，

变得枯焦，

落了下来，

那是秋天深了。

它们感到自己的筋脉也裸露出来，

它们还在爬，

它们不会喊，

也不知道害怕，

它们还在往前爬去，

它们知道那些孩子在等自己，

其他的什么也不知道。

冬天来了，

它们就死在了路上。

这时有雪花落下来，

埋葬了它们。

后来有打柴人发现了它们，

他感叹它们竟然延伸得那么长，

每一根枯干的葛藤都像一条小路，

他割断了它们，

准备回家烧火做饭。

2021 年 5 月 24 日

一缕泉水

毖彼泉水，亦流于淇。

——《诗经·邶风·泉水》

一缕泉水，
在我的祖国，
静静开在我的回忆里。

一缕泉水，
静静地流入小河，
浪花翻转，
流入风烟缥缈的大河。

思念是我的泉水，
回忆是我的马车。

一丝风吹着我的姐妹，
一条波纹浮现着她们的笑容。

我梦见泉水，
马车就载我回家乡。

2021 年 5 月 26 日

小雨下起来了

王事适我，政事一埤益我。

——《诗经·邶风·北门》

我走出北门去忙活国家的差使，
小雨落在我青色的衣衫上，
让我安静了许多。
办完国事我又去料理政事，
案头的公文太多，
来的都是急事——
有的是土地的事，
有的是粮食的事，
有的是河流的事，
有的是婚姻的事，
有的是鸡狗的事，
关于一个屁的官司都要对簿公堂。
我真的有些烦，
我家里还有一堆事，
根本来不及去办，
忙得要死啊。
当我打开南窗，

一股清风吹进来，

一股清风从翠竹边吹进来，

我突然感到清爽又释怀。

我突然感到这么多的家事国事天下事，

都是需要我一件一件认真办完的，

这是我贫寒而值得吟哦的使命。

这一股清风让我明白了的，

那小雨又对我点点滴滴一直嘱咐着。

2021 年 5 月 27 日

逃　亡

北风其凉，雨雪其雱。

——《诗经·邶风·北风》

天含大忧，
才密布着乌云。
骤雨如急弦弹拨，
北风直直刺骨，
大雪隐藏着冬雷。

我们的大逃亡，
有末日的天象。

我们并不是乌合之众，
我们手拉着手，
早就抓住了一根光芒之线。

我们心连着心，
怀抱着同伴的尸体，
在至暗到来前，
奔向纯光之地。

2021 年 5 月 27 日

流　传

燕婉之求，蘧篨不鲜。

——《诗经·邶风·新台》

你娶了自己的后母，
人们不敢说，
不敢说。

大河汤汤东流去，
一首诗吹过来，
在庄稼地里流传。

你娶了自己的儿媳，
人们不敢说，
不敢说。

大河滔滔东流去，
一首讽刺之诗写在经典里，
在世上流传。

隔着几千年，

你听得到吗？

河水旁边孩子们朗朗的读诗声。

2021 年 5 月 29 日

二子乘舟

愿言思子，中心养养！

——《诗经·邶风·二子乘舟》

两个小孩儿，
坐上船，
晃晃荡荡在水里远去。

从此我的心也晃晃荡荡。

月亮下的水面，
没有船影。

只有我吊在那儿的心，
晃晃荡荡。

2021 年 5 月 29 日

某种意义

委委佗佗，如山如河。

——《诗经·鄘风·君子偕老》

为了描写她的秀发，
我们动用了云。
为了描写她的身姿，
我们动用了山河。
我们这样去描写一位女子，
里面包含着某种意义。

而诗歌的微词却不能隐瞒她的私情。

我看到万道金光，
透过乌云，
扫描壮丽逶迤的万里河山——

诗歌的微言大义。

2021 年 5 月 31 日

因为淇水流过去

期我乎桑中，要我乎上宫。

——《诗经·鄘风·桑中》

我不知道那里曾经发生了什么，
我相信那里一定发生了什么。
把注释读了一遍又一遍，
企图看到想看的那些，
把字眼儿抠了又抠，
又把自己塞进去。
扮一遍男子，
又扮一回女子。
一会儿跑进桑林里，
一会跑到上宫去。
到底发生了什么？
其实我早已知道，
其实无非那样，
其实什么都发生了，
其实什么都没有发生。
因为淇水映出来，
因为淇水流过去。

2021年6月1日

鹌鹑的眼泪

人之无良，我以为君！

——《诗经·鄘风·鹑之奔奔》

它们出没在麦地的激流里，
偶尔被看见。
也是成双成对地跑着躲藏，
它们没有尾巴可以翘起，
也很难飞起来。
它们的蛋需要认真守护，
可还是经常被人拾走。
有一次我就拣到了一窝鹌鹑蛋，
有一只小鹌鹑正在挣扎着破壳，
两只老鹌鹑急得在不远处来回跑，
我只好把蛋放回去走了。
可人们还是愿意把鹌鹑蛋拣回来，
蒸着吃。
把捉到的鹌鹑让它们相互斗着取乐，
玩儿完了再把它们炸了吃。
可我每次发现鹌鹑的影子，
它们还是成双成对地跑着躲藏，

我已经不好意思再拿它们去比喻男女。

2021年6月2日

建　造

匪直也人，秉心塞渊。

——《诗经·鄘风·定之方中》

我的心是一个国度，
我的身体就是一国之泥。
秋天的粮食已经归仓，
我们要在十月建造新的宫殿。
我们需要抬头去看营室星，
好为我们确定方位。
你们要看着我的手，
一会往左摆，
一会又往右摆，
并不是我摇摆不定，
而是让你们根据日影把墨线调准。
要在宫庙外种植榛树和栗树，
这两种树的果实可供祭祀，
还要种植椅树、桐树、梓树、漆树
这四种树成材后都是制作琴瑟的好材料。
然后我们爬上那座经历了战争的废墟，
眺望城邑测量山峦，

然后我们又下到农田里去，
察看桑麻的种植情况。
现在我们应该占卜了，
当卦象显示吉祥，
天就黑下来了，
大雨就落下来，
那就早点儿睡吧。
我知道，
你们幸福的睡眠有着轻微的疼痛。
明天一早
我们还要赶车和耕田，
还要去放牧云彩般的马匹，
我也要睡了，
我没有更多的思虑，
我的梦是一个国度，
我的身体只是一国之泥。

2021 年 6 月 3 日

哀悼故国

载驰载驱，归唁卫侯。

——《诗经·鄘风·载驰》

当年许国与齐国都来向卫国求婚，
我明白作为国王的女儿，
我必须为祖国出嫁。
我央求父王把我嫁给齐国，
因为齐国大而强盛，
一旦外敌入侵，
齐国必来救援。
许国小而遥远，
我国遭遇战争，
它也无能为力。
可父王仅仅因为与许侯一己之好，
还是命我远嫁许国。
我的姐妹和人民与我依依不舍，
我饱含着眼泪不忍离去，
我娇美的容颜里，
映着卫国的山水。
十年短得真像一个梦啊，

当卫国来人传信，
我才知道狄人已经入侵卫国。
齐国按兵不动，
像一位冷漠的巨人，
许国不但不出兵，
还派出一帮大臣来劝我，
让我不要赶回卫国。
当我一个人驱车赶回，
我的卫国已经为狄人所灭。
国君自缢，
将士战死沙场。
当我登上高坡，
看到山河已经破碎。
国土被烧焦，
人民渡河而去流落八方。
荒野里只剩下一把麦子了，
它的根还牢牢地抓着流沙一样的祖国，
忧愁把我变成了诗人，
我只有用诗篇吊唁我的故国。

2021 年 6 月 6 日

我们曾经

考槃在涧，硕人之宽。

——《诗经·卫风·考槃》

我们有时能看到他，
在烟波浩渺的江流那边，
在大山环抱的古木中抚琴。

我们有时能看到他，
漫长的衣袖在长风中飘荡，
他啜饮清晨的露珠，
骑鹤飞翔。

我们有时能看到他，
枕着暮色睡觉，
独自醒来在黎明的霞光中。

我们已经很久看不到他，
后来他在书页中闪退，

我梦见他是很早之前的事。

很久以后我在雾霾中呛得咳嗽，

但愿我在梦中做梦还能梦见他。

2021 年 6 月 7 日

梦竹竿

淇水在右，泉源在左。

——《诗经·卫风·竹竿》

我的故乡，

在迤逦的时光里遥遥远远。

一根细长的竹竿，

带来细雨，

鸟鸣的小闪电。

泉水在左边

溪流在右边

松木的船儿从中过。

溪流在右边

泉水在左边

一根细长的竹竿，

逸出我的思乡梦。

2021年6月8日

失去容颜

岂无膏沐，谁适为容？

——《诗经·卫风·伯兮》

我的容貌已不再画，
我的容貌已失去颜色。

捧着一束忘忧草，
我更加头疼。

战争造就英雄，
我思念的是我的男人。

在对英雄的一片欢呼声里，
我看见我的男人已经阵亡。

雨只是加深了我的头疼，
日出把我的容颜照成灰。

2021 年 6 月 9 日

见　狐

有狐绥绥，在彼淇梁。

——《诗经·卫风·有狐》

一只狐狸在河的对岸走，
我感觉到他的孤单，
在河水的无尽里……

秋风凉了，
我们对望了一眼，
我突然认出了我前世的丈夫。

他孤孤单单地从河边走来，
身上的衣服在秋风显得单薄，
到了该需要加衣的时辰，
你还是没有回来。

还有多少河水流不尽，
还要轮转多少世，
我才能和你在一起啊。

秋风凉了，

总有一两片落叶飘进我的怀里，

好像是一点儿音信。

2021 年 6 月 13 日

江上的哭声

有女仳离，嘅其叹矣。

——《诗经·王风·中谷有蓷》

一点儿哭声，
仿佛来自山谷里，
像小鸟儿在啼叫。

我听那哭声像溪流，
很小很清澈，
一会儿就停下了。
一会儿又像小鸟在唱歌了，
绕着一根小草在唱，
唱的什么也不知道。

我的家在山坡上
有两朵吉祥的云

后来那哭声发生在江面上，
那哭声缭绕，
哭声里仿佛披散着头发，

我听到那是一个姐姐，
再听听
那是一个妈妈在不停地哭。

我的家在城邦里，
门口站着两个把守，

那哭声已经在秋天里荒凉。

2021 年 6 月 14 日

识破一梦

我生之后，逢此百罹。尚寐无吪！

——《诗经·王风·兔爰》

看到一只兔子在田野里蹦跳，
天大地阔。
那是我童年的欢乐，
可是太短了。

后来是一只野鸡误入罗网，
我就进入了人生，
仿佛是一个梦——

服完了劳役又服兵役，
过完了饥荒又遭迁徙，
我被困在梦的笼子里，
再也出不去了。
我这才知道人生是苦的，
可无非是一个梦。

我识破了这个梦，

兔子和野鸡也没了。

2021 年 6 月 15 日

离　曲

知我者，谓我心忧；不知我者，谓我何求。

——《诗经·王风·黍离》

一阵斜雨的翅膀飞过谷地，
锄断的青草献出芳香。

稻草人还没有获得自己的心灵，
举着一块红布送我离开。

你像一把二胡，
摇摇摆摆为我演奏。

谷穗都低着头，
你们为我的忧伤，
让我预感出门的路会很长很长，

离开家乡我会走成一把骨头，
谁还会把我当成一把柴草拾回来。

2021年6月16日

捎给妈妈的口信

扬之水，不流束楚。

——《诗经·王风·扬之水》

我把荆条编成筐，
我嘱咐他们，
用你给我缝的衣裳，
包起我的骨头。
放到筐里去，
然后放在河流上，
漂回家乡。

妈妈你可要认出这只筐。

那件衣裳，
是你坐在家门口的石头上，
给我缝的。
针上牵着的那根线，
就是你一千年的悲愁。

妈妈

每天的傍晚，
你都站在门口眺望我，
秋风一来，
就把你的头发吹白了。

你已经站不起来了，
你坐在门口的石头上，
你的眼睛已经看不见远方，
可你还是向远方眺望。

你的眼泪也流干了，
妈妈
你的眼泪已经成了碗中的盐粒。

你可要认出那只筐啊，
妈妈
我的骨头，
会在春天开出一朵花儿，
献给你。

那朵花儿，
天真得就像一句口信。

2021 年 6 月 18 日

乞讨的孩子

终远兄弟，谓他人父。

——《诗经·王风·葛藟》

不知道为什么，
我身处异乡，
挎着破旧的筐子，
沿河乞讨。

我敲开一扇门，
出来的是一位男人。
我看见他的脸，
像荒凉的田野，
我叫他一声爹爹，
他还是把我关在了门外。

我沿河走去，
在一家小摊上，
坐着一位女人，
在卖麻饼。
我看见她的脸，

那么慈祥，
我叫她一声娘，
她却不答应。
她送给我一张麻饼，
又把我打发走了。

我哭着回头看看她，
她又在忙着做小本生意。
她接过的皱巴巴的纸币，
让我想到——
她还有一个皱巴巴的家。

我找不到我的爹，
我也找不到我的娘，
在大河的风浪里捕鱼的年轻人，
也没有一个是我的哥哥。

我走累了，
我抱着那只破旧的空筐，
坐在一棵葛藤旁。
它弯弯曲曲在朝远方爬去，
我饥饿的肚子在叫我的爹娘。

2021 年 6 月 19 日

白骨观

一日不见，如三秋兮。

——《诗经·王风·采葛》

你每天都在想她，
吃饭、睡觉、走路都在想她，
看见一株葛藤，
你的思念就枝枝叶叶，
时时刻刻都是她的音容笑貌。

一天就是三个月的光景，
你可知道？
月光下
她的样子像你看见的葛藤，
一节一节都是明亮的白骨。

你并不知道，
你思念的一天已经历了三个春秋，
你手捧的香蒿已经霜降，
像她的花容月貌已经荒凉。
像你手捧的香蒿，

一棵一棵都是荒凉的白骨。
你可知道？

一日的思念很快就荒过了三年，
我摸着你的头给你说，
你还是听不进去，
要是跪着给你说你能听懂
那我就跪下。

当你看清了这些事，
原来是一堆白骨，
光就来到。

你知道吗？

2021 年 6 月 20 日

爱情的错误

榖则异室，死则同穴。

——《诗经·王风·大车》

带上装满财富的大车，
穿上华美的衣裳，
我们走吗？
到只有爱情的地方去。

你敢跟我一起走吗？

如果这人间没有我们相爱的地方，
如果大车和衣裳已被抢得光光，
我们就到墓穴里去。

凄美而虚幻的爱情，
两位相爱的人紧紧抱在一起，
最后是骨头抱着骨头。

风雷动，
山河哭。

阳光映照的世界，

在一片火海中。

我们替人类犯下伟大的错误。

2021 年 6 月 21 日

拴

彼留子国，将其来食。

——《诗经·王风·丘中有麻》

在高大的麻林里，
只有咱们俩。
笑嘻嘻的，
像一对瓷娃娃。

你知道，
我身上有什么？
你摇头，
笑嘻嘻的。

我凑近你的耳朵说，
我身上，
有好吃的。

你拉着我跑了，
跑进麦地里去。
我们躺在麦地里，

谁也看不见。

风从麦叶上流过，
只有你露出来的脚后跟，
像是啄啄的鹌鹑。

两个瓷娃娃，
乐得裂开了。
走路歪歪的，
来到李树下。

一对玉环儿，
把我俩拴。

2021 年 6 月 22 日

补丁上的翠鸟

缁衣之宜兮，敝，予又改为兮。

——《诗经·郑风·缁衣》

这首诗用现在的话来讲，
是说郑武公尊重人才，
给贤士送上体面的衣服，
如果穿破了就再换新的。
我在七十年代，
也就是我上小学的时候，
要是看到衣服穿破了
不打补丁就换新衣，
那简直叫铺张浪费，
是一种犯罪。
这让我想起一件事，
就是我四年级的班主任，
是村里唯一的公办老师，
嘴里镶着一颗金牙。
他托我向奶奶借一个包袱，
去走亲戚用一用，
回来后，

他亲自来我家还给奶奶，
并夸我奶奶手巧，
说包袱上有一个“补字”。
还回来的包袱里，
包着两个鱼形的火烧。
我这才发现，
那褪色的红包袱上，
有一块补丁，
是青花水印的，
剪成一朵牡丹花的形状，
上边用金线绣着一只翠鸟。
由此他知道，
我奶奶小时出身富贵人家。
这只翠鸟，
因为从来未得肉身，
所以它在苍茫的岁月深处，
一直在生动地鸣叫。
只是我老师嘴巴里那颗金牙，
在他逝去多年后，
依然在我眼前闪烁，
不肯在时间中成为过去，
这是一桩多么遗憾的事。

2021 年 6 月 23 日

哀 虎

火烈具举。袒裼暴虎。

——《诗经·郑风·大叔于田》

在这支箭还未射出前，
我已被烹饪。

我本是山林里的王，
你们总是想法捕猎我。
你们少年祖先野蛮的欢欣，
映在我死后的眼里。

我额头的王字和你们的王，
本来都是一个意思，
像河边的草地无声无息。

在被烹饪之前为了不打扰你们，
我连一声痛苦的叫声，
都没有留在你们的诗歌里。

箭在时光中越行越慢，

像一声歌吟。

古老的忧愁，

悠久的罪，

留在了你们的经典里。

可是你们还要用烈火去起兴。

2021 年 6 月 25 日

我背着一匹马儿

清人在彭，驷介旁旁。

——《诗经·郑风·清人》

在清清的河水旁，
我背着一匹马儿。

在河里我是一叶舟，

好像是小桥在往后走。

你知道这很美，
可是你还没把嘴还给我。

知道吗?
知道了。

河水清清的。

2021 年 6 月 26 日

无　畏

羔裘豹饰，孔武有力。

——《诗经·郑风·羔裘》

为了给勇士缝制一件衣服，
无畏的豹子，
把皮奉献给我。
害怕的羊羔也把皮脱下来，
奉献给我。

就是为了让我们去开垦一块乐土，
让我们从生走向死的路，
不要被恐怖堵住，
密密麻麻的恐怖如黑云压城。

因为我们总是怕，
只知道珍惜自己那一点点生命。
可它又太可怜，
像在村口的急风里点烟，
火柴一划就被吹灭了，
捂都捂不住。

像羊羔，
这么一个孩子，
面对着死，
它只有孤零零地哭。
它死了，
也不知道自己已经死去，
它死了还是怕死。

为了让我们不怕死，
像豹子的温良而无畏。

我们就要忘掉自己，
折下自己的腿骨，
做成号角。
挥舞利剑，
去斩除恐怖的大军。

用那片生命的乐土，
降服必死之地。
我看见豹子陪在我身边，
羊羔跳上我心头。

2021 年 6 月 27 日

大路上

无我魗兮，不寁好也！

——《诗经·郑风·遵大路》

当你离开了大路，
我的笑容也破灭了。

我拽着你的衣袖，
像扶着河水在哭泣，
我的容颜像枯叶凋零在河面上。

我还一路追着你，
我已经是位蓬头垢面的女人。

我知道已经追不回你，
可还是一路去追你，
我只是想，
把你的扣子扣上。

2021 年 6 月 28 日

嬉　戏

山有扶苏，隰有荷华。

——《诗经·郑风·山有扶苏》

看着你们那么年轻，
你们在爱情里嬉戏。

扶苏，游龙——
连草木都有意想不到的名字。

当她变成荷花，
你就变成松树。

我来得太晚了，
我来的时候只有一片苍茫的暮色。

2021 年 7 月 4 日

老年的凄凉孤儿

萚兮萚兮，风其吹女。

——《诗经·郑风·萚兮》

轻霜中的落叶，
铺盖着我的屋檐。

墙上几只蜗牛也已枯干，
好像干净的耳朵。

他们的欢歌笑语，
慰问我老年的凄凉孤儿。

2021 年 7 月 6 日

约 会

子惠思我，褰裳涉溱。

——《诗经·郑风·褰裳》

你要涉过一道浮生之水，
来找我。

如果你还不来找我，
我就跟别人走了，
我的芳心不能久留。

话音未落，
我已独自来到新世纪。

2021 年 7 月 8 日

历数家珍

岂不尔思？子不我即！

——《诗经·郑风·东门之墠》

这么多爱情故事，
这么多生死聚散，
都收藏在我家的针线簸箩里，
我们如同历数家珍。

1965年，妈妈生下我
她已经不能从针线簸箩里理出头绪。
但我奶奶还能，
随时挑出针线，
去缝补我们的家。

1966年，
母亲忙着开会、批斗、为病人抓药
就把我的奶断了，
只剩我奶奶还能缝补我们——

当一场冰雹来临的时候，

她坐在织布机上，

毅然剪断了刚刚织出的布匹。[1]

2021 年 7 月 9 日

①鲁北的风俗，天降冰雹之时，老人们会剪断布匹取其“断”，再把机杼放在门外，取其“住”。

经不住流水

无信人之言，人实不信。

——《诗经·郑风·扬之水》

我们不得古人之心，
又不得今人之心，
兄弟的情义也像河水一样易逝。

我只想抱住你的心——

你的心又像一捆柴草，
被河水冲散了。

2021 年 7 月 16 日

顾　虑

俟我于著乎而，充耳以素乎而。

——《诗经·齐风·著》

一位女子坐在屋内，
一位男子站在门外，
他们之间有一根细细的白线。

我在想，
一根线太细太细了，
她凭什么就能被他牵走呢?

自古至今有多少人来来往往呢?
她还是被他牵走了。

我只有打消自己的顾虑。

2021 年 7 月 20 日

中国的少女

在我室兮，履我即兮。

——《诗经·齐风·东方之日》

在东方，
水一样的阳光里，
是一位中国的少女。
她羞涩得像一个花骨朵，
她赤着脚丫跟着我。

她的心里什么都有，
唯独没有她自己。

在月光的流水中，
这位中国的女子，
她娇美得像一株新柳。
她穿上鞋子，
袅袅婷婷地跟着我。

她的心里只有我，
和我的一切。

在她的世界里，

唯独没有她自己，

——那空空的日月之轮。

2021 年 7 月 21 日

花的囚徒

既曰庸止，曷又从止？

——《诗经·齐风·南山》

一座危岩，
作为忠诚的捕快。

一枝花，
鞋子排成行，
一顶又一顶帽子扣不住你，
你已经沦为花的囚徒。

花枝乱颤，
你已经在囚笼里被危岩载走。

2021 年 7 月 26 日

难道不是这样吗?

卢令令，其人美且仁。

——《诗经·齐风·卢令》

我们的心，
总要去追逐猎物。
我们的狗，
又这样忠诚地追随着我们。

难道我们的心，
就不能更广大一些吗?
我们的心应该像大地那样博厚。

那些动物虽然也骚扰我们，
甚至攻击和伤害我们，
可是大地对生命的养育无休无止，
我们应该领会这无言的嘱托。

想到这些，
我们就应该放下弓箭，
我们应该牵着狗回农田里去。

我们的诗歌的声音，
应该从狗的颈环，
那叮叮的响动开头。
回到圣贤阐明的良善中，
难道不是这样吗？

2021 年 7 月 27 日

从一个国到另一个国

鲁道有荡，齐子发夕。

——《诗经·齐风·载驱》

走着走着，
大路就变成了一道水，
车马就变成了舟楫，
摇摇晃晃的江山，
载你。

你一展眉，
水上就开出颤抖的波纹，
你的笑让群臣陶醉，
国王已不省人事。

诗歌早已猜中，
你是一位美丽的妖精。

从一个国到另一个国，
你兴风作浪，
孩子们也都学你，

把眉眼儿画得像狐狸。

2021 年 8 月 1 日

踉跄一生

巧趋跄兮，射则臧兮。

——《诗经·齐风·猗嗟》

一个眼神，
就把青春斩杀了，
一个踉跄就射中了人生的终点。

中间的双声叠韵，连绵复沓
那不过是一场修辞而已，
可是我已经辜负了它。

从少年到暮年，
从美目到花眼，
一直到闭上眼睛，
笔从我的手里落下来。

2021 年 8 月 1 日

饭碗沸沸扬扬

彼汾沮洳，言采其莫。

——《诗经·魏风·汾沮洳》

在汾水环抱的地带，
他在摘野菜。

他把摘下的野菜兜在衣襟里，
手指间有缥缈的音乐流出，
这朴素的美感被诗歌赞颂。

我的灰指甲写着公文，
野菜不在话下，
饭碗沸沸扬扬。

字迹失却汾水之纹。

2021年8月2日

牺　牲

园有桃，其实之殽。

——《诗经·魏风·园有桃》

一个桃子肥硕、芳香
鲜艳欲滴，
我不敢去碰触她，
天上与人间的纷争，
总使她惨烈不堪。

她总是祈福祝寿，
供给人间又供奉神仙，
而自己牺牲。

被遗弃的桃核，
如当成废品卖掉的地图。
包藏着残迹里的山脉与水文，
我的忧愁已经画下这幅地图。

千百年以来，
我的心珍藏它，

我把剩下的桃核捧起来，
用一曲歌谣把它埋葬。

将来我会在另一个世界得到这个桃子，
但需要有壮士一去的气概。

2021 年 8 月 3 日

“十亩之间”

十亩之间兮，桑者闲闲兮，行与子还兮。

——《诗经·魏风·十亩之间》

你总想做一个新兴的主人，
因为叛乱，
失去了统治。
你的慷慨不知道为谁，
所以你破落了。

你看那一条蚕，
它多像我们闭目时安详的眉毛。
只见它轻轻一笑，
就变成了我们丝绸的薄衣，
在春天的微风里，
如同天上飞逸的云翼。

我心中深深隐藏的寺庙里，
有它的一席之地。

十亩地的老主人是它的学生，

我们的劳动，

化作采桑的欢声笑语。

2021 年 9 月 15 日

颠倒之声

宛其死矣，他人是愉。

——《诗经·唐风·山有枢》

有新衣服挂在墙上，
我并没有穿过。
有车马停在庭院里，
我没有坐上它去远方。

山坡上的刺槐，
洼地里的白槐，
我在它们之间无所作为，
我像那件新衣飘荡在月华里。

马儿啊
那是一件远逝之物，
车子啊
它愿意滚滚向前。

必然有人来，
穿上我的新衣，

坐上我的马车，
他将要痛苦地穿过茫茫黑夜。

必然又有人来，
加剧地继承了这一切。

而我的所作所为一直没有成为你们的榜样，
并倍受嘲讽。

2021 年 9 月 20 日

一如

本名王长征，毕业于山东师范大学中文系。中国作家协会会员。1965 年生于山东省博兴县一乡村。1985 年开始写诗，曾在《人民文学》《诗刊》《星星》《大家》《十月》等海内外报刊发表诗歌、诗论多篇。作品被译成多种文字。

与朋友创办民刊《诗歌》《极光》等，在诗坛具有较大影响。与朋友创办《现在美术馆》，十几年来陆续为数百位画家举办画展，出版画集八十余种。

新世纪初与朋友发起“极光论争”，就当代诗歌写作的重大理论问题进行了梳理与廓清，并引起较大影响。提出“最低真实”和“本源写作”的理论主张。

获上海文学奖、《中国作家》奖、首届“极光诗歌奖”、第三届泰山文艺奖、首届“汉城国际诗歌奖”。

代表作品

诗集

《三种时间里的人物》

《习经笔记》

《〈诗经〉笔记》（韩版）

绘画评论集

《丹青之巢》

长篇小说

《王满子》

……